Biche

© Éditions Livres Agités, 2022
Couverture © Petra Eriksson

Éditions Livres Agités
12 rue Alibert 75010 Paris
www.livresagites.fr

Mona Messine

Biche

« Les signes de changement collectifs ne sont pas perceptibles dans la particularité des vies, sauf peut-être dans le dégoût et la fatigue qui font penser secrètement "rien ne changera donc jamais" à des milliers d'individus en même temps. »

Annie ERNAUX, *Les Années*[1]

---

1. Gallimard, 2008 ; Folio, 2010.

CHAPITRE PREMIER

Le chant des arbres balayait tous les bruits alentour, inutiles. La biche racla du museau le sol pour remuer la terre et dénicher des glands. Sous un tapis de feuilles, elle en trouva quatre, ratatinés sur eux-mêmes, amassant en même temps des brins d'herbe séchée et des aiguilles de pin qui, sans qu'elle s'en aperçoive, resteraient collés sous son menton. Derrière elle, les feuillages prenaient la lumière d'un commencement de soleil, des liserés d'or sur leur pourtour.

La biche repartit vers la harde. C'était l'aurore, plus aucune de ses compagnes ne dormait. Sous ses pas filaient les mulots à l'approche du jour. Lorsqu'elle arriva dans la clairière, les faons qui s'éloignaient pour explorer les abords du terrain revinrent sur leurs traces. Ils aimaient à la suivre car elle devinait toujours le meilleur sentier, celui qui les empêcherait de trébucher.

Elle leur montra du museau la bonne route, et la ribambelle d'animaux la suivit.

Elle était plus petite que les autres, mais aussi plus agile. Son intuition surprenait. Du fond de son ventre, elle connaissait la forêt, même les endroits où elle n'était jamais allée. Elle vivait avec son élément. La biche et la forêt : deux pieds de ronces imbriqués l'un dans l'autre, qu'on ne voudrait pas démêler. C'était par instinct qu'elle débusquait sa nourriture, en harmonie avec les saisons. Elle apprenait aux petits la gastronomie des baies, à trier les fruits tombés au sol, tandis qu'autour croissaient ou mouraient les arbustes.

Les faons trottinaient autour d'elle. Le dernier-né du groupe, qui avait vu le jour en retard sans que personne sût pourquoi, se jeta sur elle et tenta de la téter. Elle ne possédait rien pour le nourrir et le repoussa d'un mouvement rapide et sec. La biche était une jeune femelle à la robe cendrée, venue au monde au printemps de l'année d'avant, cible récente de ses premières chaleurs. Un mâle subtil lui aurait vu une démarche altière, mais elle ne pouvait le savoir ; elle bougeait avec la grâce des enfants qui ont confiance et vivent sans réfléchir, sans avoir peur.

Lorsqu'elle avança dans la forêt, aucun lézard ne frémit au son de ses pas, mélodieux et rythmés.

S'ils se montraient hésitants, ce n'était que par délicatesse à l'endroit des feuilles mortes. Il y en avait une couche importante ; nous étions aux premières lueurs de l'automne. Elles formaient un manteau qui protégeait le sol comme dans toutes les forêts, édredon dégradé d'orange et nuances de marron, se putréfiant lentement dans la boue et le noir au fur et à mesure de la saison qui se hâtait.

La forêt aux essences européennes produisait principalement des chênes, des châtaigniers et, à sa lisière, de rares épicéas. Fin septembre, des branches se dénudaient et les couleurs se fondaient entre elles. Seul l'œil affûté de la biche en percevait les chatoiements. Elle croqua dans l'akène, balaya d'un revers de pied ceux parasités de vers. Elle mâcha, profita de l'instant pour étirer ses membres les uns après les autres et avala son repas. Elle mordilla l'une de ses camarades par affection et par jeu, se fit cajoler en retour. Le soleil se levait et avec lui une lumière crue, voilée à sa naissance par un dernier semblant de brume qui n'allait pas plus haut que quelques pouces au-dessus de l'horizon. Les rayons transperçaient le tronc des arbres les plus larges, indiquaient la violence de la couleur du ciel ce matin. Un foulard doré se tendit sur la forêt. Le groupe s'apprêtait à s'y enfoncer. Les faons s'étaient rassemblés autour de la biche : elle guiderait la file.

* * *

À l'opposé du massif, le chasseur ferma sa thermos de café à peine entamée, promise à son retour. Il la rangea à l'arrière du coffre de sa voiture sur laquelle s'appuyaient d'autres chasseurs, vêtus de vestes et treillis. Aucun n'avait de raison de penser que ce jour-ci serait différent. Ils cherchaient du gibier, et avec un peu de chance tueraient une belle pièce dont ils pourraient s'enorgueillir. C'était leur loisir, leur identité. Il n'y avait pas de sujet de morale ou de sensibilité. Il n'en était pas question ici.

Ils houspillèrent leur ami : Gérald devait se dépêcher pour qu'ils profitent du lever du jour, de la brume qui déjà s'estompait, de la rosée scintillante qui bientôt s'évaporerait. Gérald jongla avec l'impatience des hommes et des chiens et sa lenteur légendaire. Il n'était pas vif, mais il était précis. Les années précédentes, il était rentré parfois bredouille, manquant de belles occasions. Il n'était pas aisé de chasser à ses côtés ; on se mettait souvent en colère contre lui. Mais lorsqu'il armait son fusil, il ne ratait rien.

Il marchait dans la forêt comme en son empire. Les autres chasseurs se levèrent et ajoutèrent à leur équipement les derniers soins. C'étaient une gourde à remplir, un lacet à renouer, un harnais à réajuster. Leurs mains astucieuses réalisaient des gestes ordonnés.

Gérald referma le coffre d'un bruit qu'il souhaita le plus faible possible. Son beagle, habitué au silence, grogna. Une mésange charbonnière s'envola vers l'ouest. Le chien, vif et hargneux, prenait parfois le dessus sur les ordres de son maître. Rien n'était plus dangereux que ces moments pour le groupe, quand l'un d'entre eux, fût-ce un chien, désobéissait.

Le chasseur, muni de son arme et de ses munitions, rejoignit en quelques pas le sentier pour entrer dans la forêt. Les arbres, trois fois hauts comme lui pourtant déjà grand, ombrageaient tout son corps. La température de l'air dans le sous-bois assouplit ses membres. À sa démarche, quelqu'un s'esclaffa : « Moins leste ! Tu vas faire fuir les plus belles biches. » La moquerie revenait souvent. Il n'y prêta pas attention, à peine eut-il une respiration plus longue. Il effrayait certaines proies, mais les plus grandioses des animaux capturés étaient toujours pour lui. C'était l'une de ses fiertés, les têtes empaillées accrochées aux murs de sa salle à manger l'attestaient. Les plus belles prises lui appartenaient, invariablement.

L'année s'avérait chanceuse, mais il n'avait pas encore emporté un gibier *vraiment* spectaculaire. Il voulait être le premier. C'était pour aujourd'hui, il le sentait. Toutes les conditions étaient réunies. Sur ses talons, le chien Olaf suivait de près. Ensemble, ils attendraient le signal des traqueurs, en place pour rabattre les animaux. À l'abri des arbres, à l'abri des regards. Ils n'avaient qu'une heure ou deux pour se mettre en position pour tirer. Quand le vent n'était pas levé, comme ce matin, le chasseur pouvait percevoir que la battue serait fructueuse. C'était un calcul, plutôt qu'une intuition. Il flairait l'odeur de l'humidité, imaginait les faons le museau sur les mousses. Ceux-ci ne seraient pas à l'affût avant de croiser sa route. Il avait plus de chances si les proies ne se doutaient de rien, c'était juste une histoire de choc. Il craignait le craquement des feuilles mortes sous son poids. Avancer sans bruit serait le premier exploit à accomplir. La condition de réussite. Il comptait sur l'étrange communion des arbres de la forêt pour couvrir sa présence.

Il marchait et mâchait dans le vide de ses grosses molaires usées, langue pâteuse, visage gonflé. Il semblait engoncé dans ses couches de vêtements mais chacune était nécessaire et parfaitement étudiée. Les quatre pattes tendues de son compagnon, sèches, dépouillées, complétaient ce tableau. Le chien et son maître représentaient l'un et l'autre un versant de la chasse. Ils avançaient en regardant droit devant eux, concentrés. Ici, il n'y avait pas encore d'animaux sauvages mais ils démontraient à chaque seconde qu'ils étaient le meilleur équipage. Alors que tout son corps se gargarisait à l'approche des animaux, seul enjeu du jour, Gérald n'avait aucun doute sur sa place parmi les chasseurs. À lui la chair et la gloire, tandis que les autres s'amusaient encore à écraser des champignons avec des bâtons pour en voir sortir la fumée. Ces nigauds manquaient grandement de sérieux, jusqu'à ce que l'un d'eux identifiât sous leurs pas des traces de sabots.

Le chasseur portait un fusil qu'il affectionnait particulièrement. Il l'avait choisi ce matin parmi la collection qu'il gardait dans sa remise, pour qu'il soit adapté aux conditions météorologiques qui s'annonçaient capricieuses. Au fond, c'était celui qu'il préférait, mais il s'interdisait d'emporter la même arme à chaque fois, préférant s'entraîner avec d'autres modèles pour affiner sa pratique, pour la beauté du sport. Les cartouches étaient suspendues à son gilet de chasse. Elles se déployaient contre lui de son torse à sa hanche. Il aimait ça.

Gérald était fils de chasseur, petit-fils de chasseur et, il pouvait parier dessus, père de chasseur, à la façon dont deux de ses fils le dévisageaient, remplis d'admiration, lorsqu'il rentrait en tenant par les oreilles un bon gros lièvre mort. Le troisième détournait souvent les yeux des viandes qu'il rapportait, refusant parfois de les déguster avec le reste de la famille malgré la délicate sauce au vin réalisée par la voisine de palier et les heures de cuisson. Garçon sensible. Les chasseurs préféraient le métal des cartouches à la douceur d'une fourrure, le froid de trente-six grammes de plomb qui les rendaient vivants. Tous leurs sens étaient en éveil. Un dimanche de chasse, c'était enfin leur mise à l'épreuve.

Personne n'avait jamais manqué de munitions, mais Gérald en avait emporté ce matin plus que de mesure. C'était une sécurité, une libération de son esprit pendant l'exercice. Il ne se sentait jamais mieux que surchargé. Il pouvait alors parer à tous les possibles, toutes les éventualités. « Robinson », le surnommaient les autres pour signifier qu'il se débrouillait partout. Le chasseur ne comprenait pas. Robinson Crusoé était frugal et ne possédait rien. Lui, au contraire, pouvait subvenir à tout grâce à son matériel de pointe : porte-gibier, appeaux, couteau à dépecer. Chacun de ces éléments choisis avec soin le remplissait de fierté. Il s'était préparé minutieusement. Un travail de long terme. La technique et les objets au service de son œuvre.

Ce matin lui sembla pareil aux autres : fraîcheur, éveil de la forêt, mise en jambes. Ses pas s'imprimaient pour l'instant sur le chemin de poussière. À l'orée de la forêt, il restait quelques sentiers sans terre mouillée, régulièrement ratissés par les gardes forestiers, sauvegardés des pourritures qui allaient survenir dans l'hiver, protégeant les chevilles des promeneurs même si l'on espérait qu'il n'en viendrait pas tant. Autrefois, Gérald portait des chaussures davantage adaptées à la randonnée. Un jour, il avait dû attendre trois heures sous la pluie qu'un chevreuil qu'il aurait pu tirer, occulté de son champ de vision par le tronc d'un arbre, ne se décide à avancer ou reculer pour qu'il puisse l'atteindre. L'animal avait cessé de trembler en quelques secondes et s'était révélé incroyablement immobile. Seule sa fourrure avait ondulé. Le chasseur était rentré chez lui les pieds amollis et fripés. Il avait conservé un rhume plusieurs jours après l'épisode. Dépecer la carcasse du chevreuil, qu'il avait évidemment fini par abattre, n'avait pas suffi à le consoler et il pesta de longues soirées sur ses poumons imbibés. Il avait senti encore longtemps après le froid dans ses orteils. Il n'avait pas aimé qu'on le prenne au dépourvu et en avait parlé durant des semaines, porté par une étrange dépression. Comme si le chevreuil et la pluie l'avaient défié tout entier. Alors, il avait adopté les bottes et changé plusieurs fois de paires, au rythme de rencontres malencontreuses avec des sardines de campeur ou d'usure insurmontable. L'été, Gérald craignait leur rupture, avec les cuirs et les caoutchoucs malmenés par la sécheresse après des temps plus humides. Lorsque la chasse n'était pas encore ouverte, il effectuait des rondes de repérage pour voir si quelque chose avait modifié l'organisation de la forêt ou le comportement des animaux. Il avait besoin de savoir à quoi s'attendre quand la saison débuterait. De maîtriser l'espace, le connaître par cœur, s'y mouvoir sans penser. Prendre ses marques. Imprégner aussi son existence dans la forêt.

Les bottes laissèrent cette empreinte qu'il se plairait à reconnaître en rentrant ce soir. Il marcha sur le rebord d'un fossé, le chien sur ses talons, et s'arrêta soudain sur une crête, pensif et troublé. Il avait oublié d'aller pisser. Il délaça sa ceinture d'une seule main, en un geste furtif. C'était maintenant qu'il fallait s'y coller ; plus tard, les animaux le sentiraient. Le liquide se parsema en rigoles de part et d'autre du trou, sur la surface d'impact. Une fougère se rétracta, importunée par la présence humaine. Le chasseur surplombait de quelques centimètres le reste de son équipage. Il rit, débordé par le sentiment de puissance de se soulager debout. D'habitude, à cette heure, régnait une odeur d'humus. Les effluves d'urine acidifièrent l'air et lui tordirent la bouche. Il se rhabilla prestement, racla ses chaussures dans la terre comme sur un paillasson et poursuivit sa route. Personne ne commenta.

Le groupe de chasseurs s'arrêta devant le poste forestier. Leurs visages illuminés de plaisir s'alignaient, rosés, étirés, devant la parcelle. Tous saluèrent le garde débarqué là par hasard, la personne « en charge ». Ils n'avaient pas d'affect pour ce jeune type dégingandé qui, selon eux, ne connaissait pas vraiment leur forêt. Le gamin, en âge d'être leur fils, leur souhaita la bienvenue puis énuméra les quotas de chasse. Naïveté ou tolérance, il ne faisait que rappeler les règles mais n'allait jamais plus loin dans l'inspection des besaces. Ni avant ni après. Les chiens, incapables de rester immobiles, paradaient autour de leurs maîtres, pressés d'entrer en scène. Le garde les dénombra, inquiet pour ses propres mollets. Ils glapissaient, le poil brillant, les yeux attentifs. Leurs maîtres voyaient en eux les symboles de leur identité de chasseur.

Le groupe indiqua au garde forestier qu'ils allaient pénétrer la forêt, comme si cela n'était pas évident. Ce n'était pas une démarche obligatoire mais ils y tenaient, à cette façon de montrer patte blanche. Le jeune homme, flanqué de deux oreilles décollées et d'un regard gentil, apprécia l'attention et les remercia d'un mouvement timide de la tête après avoir proféré quelques lieux communs sur le climat de la journée, les températures et le risque de pluie, précisions dont ils n'avaient pas besoin, forts de smartphones et de leurs méthodes. Ils partagèrent leur hâte de retourner sur le terrain, tout en discipline.

Le garde établit avec le dernier chasseur de la troupe les bracelets de chasse qui donnaient à chacun le permis de tuer tant et tel gibier. C'était une discussion de politesse, comme on commente une marée au port ou le goût du café au bureau. Le garde joua avec les lanières de sa bandoulière de cuir pendant toute la conversation. Il n'était pas friand de mondanités. Il avait revêtu des couleurs camouflage tandis que jeans et baskets avaient été observés sur ses prédécesseurs. Comme un jeune stagiaire portant la cravate en talisman, terrifié de paraître négligé, il voulait à tout prix se fondre dans un élément qui n'était pas encore sien. Il s'appelait Alan.

Le dernier chasseur, après avoir flatté son chien, lui demanda de faire moins de bruit lors de sa prochaine ronde. La semaine passée, sa conduite avait fait fuir un jeune cerf sur le point d'être abattu au bord de la forêt, ralentissant la chasse. L'homme s'avoua soucieux du plaisir de chacun des chasseurs et désigna du doigt les membres du groupe un par un pour les lui présenter. L'impatience de déambuler sur le grand terrain de jeu les animait tous. Ils écoutèrent leur porte-parole, chargés de l'espoir de ceux qui partent découvrir un trésor, puis reprirent leur conversation sur la beauté d'une espèce par rapport à une autre. Pendant un instant, Alan se dit qu'on trouvait de mauvaises excuses quand on ratait sa cible. Mais il acquiesça et serra la main du chasseur plaintif.

Après cette rencontre, les épaules des hommes se déployèrent. Le jeune homme les vit pénétrer la forêt, libres de s'être imposés face à lui, les deux pieds plantés dans le sol, les mains dans les poches. Les chasseurs se rangèrent instantanément par deux ou trois, chacun reconnaissant son partenaire préféré. Les pas se firent plus cadencés. Quelle joie pour eux de s'y trouver enfin ! Devant les premiers arbres, les chiens agitèrent leurs queues en pendule.

Alan se dirigea vers son pick-up garé à quelques mètres, dans lequel il s'installa en prenant garde à ne pas se cogner la tête, ce qui lui arrivait souvent. Ce matin, il commencerait sa patrouille dans le sens inverse de son rituel. Simplement pour changer, par plaisir, ce qui l'empêchait, déclarait-il, de tomber dans la routine. Le véhicule projeta quelques cailloux sur les rebords des fossés au démarrage, mais le groupe de chasseurs s'était déjà éloigné et ne fut pas gêné. La voiture secoua des branchages, des buissons, et Alan se sentit coupable de les abîmer. Il lança sa main vers la radio, la suspendit un temps en l'air. Puis il la laissa retomber sur le levier de vitesse. Sa mission à venir était trop sérieuse pour se distraire avec de la musique. Il réécouta seulement les prévisions d'une météo qui s'annonçait pitoyable. Il roula si lentement qu'il aurait pu toucher du bout des doigts chaque branche depuis la fenêtre du véhicule. Les arbres se débattaient. Il était désolé, mais il ne pouvait pas faire autrement que d'avancer.

L'air n'était chargé de rien. C'était un jour d'équinoxe. Dans le ciel, Mercure, haute parmi les constellations, sans qu'on ne pût la voir puisqu'il faisait maintenant à demi-jour, préparait avec délectation d'importants changements.

CHAPITRE II

Le garde forestier essaya de ne pas faire crisser les roues de son véhicule lorsqu'il opéra un demi-tour à la fin de sa ronde. La demande de silence du chasseur le contrariait. Habituellement, le passage du pick-up alertait les animaux qui partaient se cacher plus profond dans la forêt, comme un signal. Faire moins de bruit à l'aube signifiait gâcher une chance de survie pour le gibier. Alan savait que le chasseur lui avait précisément reproché le vacarme de sa voiture. Bien sûr, il ne voulait pas d'ennuis. Entre la vie des animaux et la demande du groupe, il avait officiellement choisi la loi. Après tout, ces chasseurs avaient obtenu le droit d'exercer leur loisir. Mais Alan restait sûr que sa maigre alerte pouvait changer le cours des choses pour quelques biches et faons.

Il lorgna de sa vitre les vastes étendues de campagne le long de la route qu'il connaissait par cœur. Des insectes vivaient là, en dessous des blés. Alan pensa aux drones que finançait l'Allemagne afin de réveiller les faons qui dormaient dans les champs et de les empêcher de se faire broyer par les moissonneuses-batteuses. Ici, lui seul pouvait veiller sur eux ; il soupira, entravé par le devoir humain.

Par précaution, il réalisa sa manœuvre en passant sur une semi-pente recouverte d'herbe séchée par le soleil, altérant l'adhérence des pneus, absorbant le son. Au moment de redresser son volant, il sentit le départ d'un dérapage incontrôlé. Un instant, son cœur bondit et il s'imagina retourné sur le sol. Il réussit sa reprise, évita l'embardée. Soulagé, il abaissa sa vitre de trois centimètres d'une seule pression sur la commande d'ouverture pour faire passer l'air frais. La brise pénétra l'habitacle et anéantit sa peur. Il l'oublierait jusqu'au lendemain.

Il rejoignit le sentier qui le conduisit à la route encerclant la forêt pour terminer sa boucle. Au croisement, il vit au loin un froissement parmi les branchages. Une ombre fugace, suivie d'autres ombres souples et rapides à s'enfuir, danseuses de ballet sur lit de terre bourbon, détala devant la voiture. Des biches, devina le garde, tout un troupeau et leurs faons. Il les avait aperçues presque tous les jours de l'été, mais elles se faisaient plus discrètes depuis la fin du mois d'août, date d'ouverture de la chasse. Elles devinaient la menace. Les cerfs, éloignés du groupe sauf pendant la période des chaleurs, portaient à présent leurs bois. Alan aimait les croiser, fantômes de bronze entre les arbres, mais cela ne durait jamais que quelques secondes. Certains de ses collègues se levaient dans la nuit pour les observer de près, jumelles, couches et surcouches de vêtements en renfort, mais pas lui. Ce qui le fascinait dans la forêt, c'était son mystère, tranquille et intouchable. Il avait conclu il y a longtemps qu'on ne pourrait jamais entièrement la connaître et cette idée lui plaisait car elle lui permettait d'être surpris tous les jours. Il ne ramassait pas les bois de cerf trouvés entre les troncs au printemps. Il imaginait des écosystèmes s'implanter à l'intérieur, des œuvres sculptées émerger du sol, un heureux collectionneur en randonnée s'en émerveiller. Il laissait vivre la nature et renonçait à son pouvoir d'homme.

Il gara la voiture et sortit, roula une cigarette de tabac biologique et la fuma. L'air qu'il expira se mélangea aux derniers filets de brume. Il huma l'odeur d'herbe humide puis écrasa le mégot dans la terre. Il identifia sur le bord du fossé des empreintes de cerf bien enfoncées. Les marques de doigts étaient visibles. Cela signifiait que l'animal était parti d'un bond, apeuré peut-être par une présence humaine. La sienne ? Il en doutait, se sentait trop sur le qui-vive pour ne pas avoir vu de cerf autour de lui, même les jours précédents.

Il ramassa son mégot et le déposa joyeusement dans le cendrier vide-poche. Il s'approcha des bords d'une futaie irrégulière et constata des entailles sur le tronc des arbres, à hauteur d'animal. Les cerfs avaient frotté leurs cors des mois auparavant pour perdre leurs velours. Il caressa le bois abîmé. Les écorces blessées n'étaient pas cicatrisées. Un éclat cuivré scintilla dans leur tranchée. Alan trouva précieuse la fluidité entre l'animal et la nature et se dit comme chaque jour que chaque chose avait sa place, les écureuils dans les arbres et les fleurs dans les clairières. La bruyère qui composait la première ligne de la forêt, inclinée vers l'extérieur pour accueillir les promeneurs, ne le contredit pas.

Alan, comme tous les matins passés dans cette forêt et dans toutes celles qu'il avait arpentées, ne pensait qu'aux biches. Il guettait leur passage et celui des faons entre les arbres. Il était obnubilé par elles depuis qu'il avait vu, petit, le dessin animé *Bambi*. Il en avait collectionné des figurines dès lors. Il se sentait auprès d'elles l'illustre représentant de toute une génération d'enfants en deuil. Il trouvait fascinantes les espèces dont l'apparence physique des femelles diffère de celle des mâles, souvent plus discrète, moins tapageuse : le canard mandarin au ridicule bonnet de couleur, le paon et son besoin de briller, le dimorphisme du lucane cerf-volant qui l'empêche d'avancer en souplesse.

Pour Alan, les femelles étaient plus intelligentes. Très tôt, il avait su qu'il exercerait un métier au plus près de la nature. Il venait pourtant d'une petite ville de notables où l'on adorait les routes bien goudronnées, les pelouses taillées au cordeau. Son père, policier, avait accepté sa vocation parce qu'il ferait partie de la noble famille des gardiens de la loi. Alan l'avait toujours trouvé brutal, son père, à l'image de la police, brutale.

Alan était un romantique, un lecteur de poésie sur coin d'oreiller, un écorché, passion Robin des Bois, de ceux qui œuvrent dans l'ombre. Il besognait pour libérer des pièges d'innocents bébés renards, pour l'amour des écureuils ; il sauvait comme il le pouvait, en cachette, les faibles et les opprimés. Les biches, surtout. Il soulevait un par un, chaque jour après chaque saison venteuse ou chaque attaque de sanglier, les barbelés ou les piquets qui s'affaissaient sur le sol pour qu'elles ne trébuchent pas.

Il nota l'emplacement où étaient passés les derniers animaux, prêt à rédiger son rapport à destination de l'administration de l'intercommunalité. Vie forestière, spécimens à surveiller, aménagements physiques à prévoir pour garantir la préservation des lieux, il était ici au cœur de son engagement : cisailler la forêt de ses sombres menaces, éviter à ses animaux préférés de se blesser. Vaillant, il faisait face à tous les agriculteurs pour sauver ses trésors à quatre pattes. Mais contre les chasseurs, il ne pouvait pas agir. C'était là son grand désespoir. Et revenait sans cesse au fond de ses cauchemars, dès que retentissait le bruit d'une balle tirée tout au long de l'automne, sa peur profonde d'enfant, la plus pure des tristesses incarnée par la disparition précoce de la mère de Bambi.

Alan ramassa un caillou sur le sol pour sa collection ; il n'en avait jamais vu de cette couleur. La pierre était d'un gris presque noir, légèrement irisé, comme par l'intervention de magie. Alan aimait les cailloux, les chenilles et les papillons.

Son grand plaisir, en vacances, c'était d'arpenter le Colorado provençal, arc-en-ciel naturel, et, bonheur absolu, d'observer les nuits de neige. Il en devinait l'arrivée proche en scrutant le ciel déjà brillant. Mais la lumière était traîtresse, il le savait : ce soir, loin du fantasme poétique, du conte de fées, il pleuvrait avec force.

Lorsqu'il se réveillait chaque jour dans son appartement de fonction aux grandes vitres donnant sur les arbres, il était seul, absolument seul dans l'immensité, le bouillonnement de la forêt. Il observait de sa cachette les biches avancer vers lui, curieuses. Puis, dehors, dans la neige ou dans le sable, il traçait souvent la lettre « A », l'initiale de son prénom et de celui de sa mère, en veillant à ne rien abîmer du manteau protecteur des animaux en pleine hibernation. C'était le rythme de la nature qui l'animait, sa beauté. Il avait trouvé une autre manière que celle des chasseurs pour illustrer cette affection. Au lieu d'en épingler les symboles sur les murs, d'empailler des têtes, de collectionner des fourrures, il tentait de sauvegarder le souvenir de l'instant. La joie pouvait venir d'une queue leu leu de marcassins au printemps, du son du brame qui retentissait souvent, ou des restes de nids tombés des branches, qu'il replaçait comme il le pouvait. Contempler la singularité de chaque flocon de neige constituait sa rengaine. Alan, vaine brindille au milieu des grands arbres, sauveur de faisans fous, garde forestier ivre de son métier, rempart des biches contre le monde humain.

Il glissa le caillou dans sa poche et leva les yeux sur le bois qui s'étendait. Depuis la forêt en éveil, il entendit le début d'une ritournelle. Les ramures des arbres se balançaient au gré des courants d'air, les premières feuilles jaunies tombaient. Alan savait que sous ses pieds, des millions de vies s'activaient pour bâtir la forêt. Le sol était perclus de fourmilières et de souterrains, refuge des vers de terre qui ratissaient sous les plantations. À chaque pas, le garde se savait épié par ses amis de la faune et de la flore, milliards d'êtres vivants, Mikados, architectes, passagers, charpente de la forêt.

Il détailla les nombreuses souches d'arbustes arrachés récemment, la forêt brute transformée en futaie. Alan crut un instant l'espace désolé. Un mal pour un bien, pensa-t-il. Les faons se mouvraient avec plus de facilité entre les troncs et lui lanceraient des clins d'œil une fois les dangers évités. Pourtant, cela lui avait déchiré le cœur lorsque les machines étaient venues déterrer des racines d'arbrisseaux, promesses d'avenir. Et dire que ce matin, des belettes auraient pu s'y blottir !

Les fourmis, sorties des galeries dès l'aube, alignées comme des mineurs en plein travail, n'étaient déjà plus incommodées par la perte des jeunes arbres. Sous le regard d'Alan, plus ébloui encore que la veille, elles trimaient, graines sur le dos et antennes dressées, pour ériger non pas un empire, mais l'armature de la forêt, contournant les racines et creusant pour les autres. Solides, elles ne dérivaient pas de leur tracé : une ligne droite depuis la nourriture jusqu'à l'entrée de leur souterrain, dans une arête à l'organisation militaire. Alan siffla, admiratif, devant le spectacle qu'il feignait de découvrir à chaque fois. Seule une tempête rageuse pourrait les détourner de ce chemin, les emporter. Et encore. Alan avait conservé sa loupe d'enfant dans le vide-poche de sa voiture et mourait d'envie de les ausculter en détail – fourmis noires ou fourmis rouges ? –, mais il n'en fit rien. Sa forêt constituait un mythe, avec sa part immuable de secret, un édifice heureux, exact contraire d'une tour de Babel aux langages dispersés. Il resta figé par les tressaillements de la nature sanctuaire.

Un minuscule animal remua la terre et surprit Alan qui sortit aussitôt de son ravissement.

À sa patte avant tordue et sa bague bleue, le garde reconnut Hakim, le petit hérisson qu'il avait sauvé il y a plusieurs mois d'un accident de la route et qu'il avait prénommé comme on le ferait pour un animal de compagnie. Hakim se préparait à l'hiver. Affamé et attiré par la caravane des fourmis, il se détourna pourtant d'elles et manqua le festin. L'heure d'affoler les insectes était passée. Les fourmis, après l'aube, avaient un travail à accomplir pour toute la forêt. Alan sourit devant la diligence du hérisson nocturne qui, au lieu de dévorer les fourmis, puiserait dans ses réserves de graisse parce qu'il ne supportait pas le jour et dormait dix-huit heures par nuit. Les fourmis étaient sauves. Alan s'en alla, humble.

À quelques mètres de lui, la jeune biche cendrée avait reculé, entraînant avec elle femelles et petits. Accablée par un début de saison de chasse efficace et mortelle, elle avait reconnu dans l'arrivée du garde une volonté de secours. Il réparait les clôtures pour qu'elle s'échappe plus vite le long des champs et se cache loin des plaines qu'elle préférait mais dans lesquelles on ne voyait qu'elle. La harde et Alan étaient de connivence.

La biche guida les animaux pour rebrousser chemin. Ils s'étaient aventurés de telle façon qu'ils risquaient à présent de sortir de la forêt circulaire. Le jeu était de s'y faire discrets, de s'enfoncer entre les arbres, s'enfouir au fond des cachettes où ils ne seraient pas débusqués. Les biches vivaient toute l'année séparément des mâles et ne les rejoignaient qu'en période de rut, c'est-à-dire maintenant. Chaque cerf, fidèle à son espèce, possédait un harem qu'il protégeait lors de la saison de l'accouplement ; il gravitait autour, la nuit principalement. Le jour, il répondait aux velléités guerrières de ses rivaux, se battait, se camouflait des chasseurs. Les biches s'éloignaient de lui lorsqu'elles entendaient les bataillons d'hommes en parka et fusils. Une fois sur deux, les hardes se laissaient prendre au jeu précis des rabatteurs et des chasseurs, et mouraient.

Ce matin, la biche, pour se soustraire aux regards, se fondait avec les autres dans les feuillages caramel. Elle faufila son corps, le coula entre les troncs d'arbustes, poursuivit sa récolte. De ses dents limées elle arracha la tête d'un jeune chêne d'environ quatre-vingts centimètres sur lequel restaient encore des feuilles. Elle la mangea avant que le risque de se mettre à trembler aux premiers coups de feu et de devoir battre en retraite sur plusieurs hectares ne devienne trop important. Il faut de l'énergie pour tenir. Les autres, agitées, ne cessaient d'aller et venir au plus près de la route. La meilleure nourriture se trouvait après la traversée. Mais les montées et les redescentes fatiguaient la biche. Les muscles de son flanc et de ses cuisses battaient au rythme du flux de son sang. Elle avait parfois peur. L'une de ses comparses, la plus vieille biche du groupe, était déjà en train de flancher. Elle ne retrouvait plus la harde, perdue dans la forêt. Elle était à peine assez vaillante pour survivre seule, mais combien de temps encore ? La jeune biche la chercha du regard. Elle ne la trouvait plus depuis quatre jours. Où s'était-elle perdue ?

La biche observa Alan remonter dans sa voiture, puis la voiture s'éloigner. À la faveur de cet au revoir, d'un coup d'œil, elle permit aux faons de s'approcher du chemin. Elle se laissa devancer par la grappe de femelles pour les suivre et refermer la marche. Les robes tachetées ou lisses, ornées de feuilles mortes accrochées dans les poils ou d'amas de terre sèche, ondoyaient sur les corps osseux, soumis à la frugalité, parfois à la pluie, à la nuit qui venait de s'achever. La biche resta en retrait. Elle s'immobilisa et savoura quelques secondes le calme revenu et les premiers rayons du soleil. Les oiseaux avaient cessé de chanter après avoir réveillé la forêt et se consacraient maintenant à leurs tâches quotidiennes, la nourriture des oisillons et la construction des nids. Pas encore de trace des traqueurs. Pas de course, pas de fuite. Le ventre presque rempli. À cette heure du jour, elle éprouva un sentiment de sécurité qu'elle savait impossible à faire durer. La voiture d'Alan avait disparu au loin. Tandis que les autres biches arrivaient à l'opposé de la route, elle s'arrêta face à une paroi de grillage barbelé. Elle et les faons la contournèrent finalement et, à leur soulagement, aucun fil de métal ne dépassait. Un faon, docile bambin d'hiver, observa la clôture et remua la petite queue plantée au bas de son dos, taffetas d'argent au milieu des dernières ténèbres forestières. Il ne se prit pas au piège, ne ferait pas partie du butin. Ses yeux si ronds se perdirent dans ceux de la biche. Complices.

Alors que le temps semblait s'arrêter pour eux, qu'un sourire s'esquissait au creux de leurs bouches, laissant un répit à leur course du matin, le ciel s'ouvrit en deux dans une explosion assourdissante. Un premier coup de fusil venait d'être tiré. Leurs muscles se tendirent. La biche et le faon s'échappèrent aussitôt. De l'autre côté de la forêt, la cartouche atteignit sa cible. Les arbres se redressèrent, sévères, en piquet comme des soldats.

**

Le jeune Basile releva l'arme fumante, assourdi par le recul. La pointe du fusil le dépassait. Son père, la main en visière sur son front, poussa un sifflement sonore et vérifia que l'enfant ne risquait pas de le tenir en joue. Certain d'avoir entendu un animal tomber, il courut vers ce qui avait été une caille grasse, abattue au réveil, et applaudit son fils. Dans la buée, il l'invita à le rejoindre, toujours attentif à la direction de l'arme, et lui désigna, les larmes aux yeux, ce qui resterait dans les mémoires comme le premier butin de chasse de son héritier. Les arbres, mécontents, firent frémir leurs branches. Au son du feu, une onde de choc avait traversé la forêt. L'enfant courut sur les feuilles craquantes. L'émotion lui tapait dans le ventre. Il l'avait eue ! Du premier coup ! Plus tard, il en parlerait comme si cela avait été facile. En attendant, son tympan bourdonnait encore et ses doigts gardaient la forme d'un crochet, comme appuyés sur la détente. Son père mesura les dimensions du cadavre, pour conclure qu'il s'agissait d'une belle pièce : épaisseur, lustrage, santé apparente, taille des attributs principaux. Après le débriefing de la technique de visée de Basile et de ses premières sensations de chasseur – un vrai, maintenant qu'il avait abattu l'oiseau –, il tapa un grand coup dans l'omoplate de son fils, le faisant presque trébucher sur sa prise. Il lui tendit de quoi ranger l'animal ; les hommes portent leurs proies, avec dignité si possible, et l'affichent. Il s'affaira à lui montrer comment prendre soin de la caille morte et protéger sa carcasse. Un groupe de chasseurs s'approcha d'eux, mains en l'air, flanqués de vifs brassards.

– C'est ta première prise, fils ? l'apostropha l'un d'entre eux.

Basile acquiesça, les mains déjà dans les poches, bombant le torse.

– Tu vois, Gérald, même son gosse rapporte plus de viande que toi, gloussa-t-on alors.

Le chasseur, le chien Olaf à ses pieds, toisa le couple père-fils et jeta :

– Apprends-lui à ranger son fusil correctement. On ne veut pas d'éclopés.

L'arme pendait en bandoulière le long du corps de Basile qui gardait une attitude faussement décontractée. Son père lui colla immédiatement une mandale pour sa négligence, devant tous les autres pour ne pas perdre la face. L'enfant, soufflé, ajusta le fusil sans rien dire. Il serrait les dents.

– Une caille ? C'est bien, petit. Continue les proies faciles. Nous, on va chercher des médailles et on ne te veut pas dans nos pattes. Vous passez prendre l'apéro, après ?

Le père de Basile toisa Gérald et acquiesça. Il ne rejoignait pas souvent le groupe en battue. C'est qu'il préférait éviter que son fils ne se retrouve au milieu de la mêlée. Rares étaient les domaines qui autorisaient les chasses croisées. Il se demanda un instant s'il n'était pas risqué pour lui et Basile de traîner dans les parages, se rassura en imaginant que les rabatteurs de gibier amèneraient les tirs franchement plus loin et qu'eux resteraient en bordure. Les délimitations du terrain étaient nettes. Mais les voir traîner autour de lui ! Cela gâchait la réussite de son fils ce matin. Il les trouvait injustes : les cailles se révélaient un animal complexe à abattre, malgré tout ce qu'ils pouvaient dire. Leur chasse nécessitait une connaissance précise des fourrés, des sous-bois, des lumières, de la température. C'était un art à part entière, mésestimé, qu'ils négligeaient pour ne s'occuper que de ce qui s'affichait en records, en gigantisme. La chasse à la caille proposait un vrai partage avec la nature, une harmonie qu'il aimait transmettre à Basile, dans des moments père-fils émouvants.

Un premier rayon l'aveugla. Le soleil poursuivait son réveil et la forêt commençait à bruisser. L'air, légèrement froid, humide à s'en abîmer les tendons des genoux, l'incita à ne pas perdre de temps sur la journée car l'enfant fatiguerait bien vite. Quand Basile rentrerait ce soir à la maison avec son paternel, il raconterait à sa mère et à sa sœur, dans un discours qui serait plus long que les faits rapportés, comment il avait, pendant une course folle, fait face à de nombreux dangers et triomphé du mal. Il mentionnerait l'hésitation qu'il avait eue avant de tirer, qui venait non pas d'un doute sur ses compétences, mais d'une pitié pour la caille surgie de nulle part. Il parlerait du sentiment grisant qu'il avait vécu, sans nommer sa cause chimique : l'adrénaline. Sa mère l'embrasserait sur les cheveux, sa sœur ne dirait pas grand-chose. Son père assènerait à Basile une vérité définitive : aujourd'hui, il était devenu un homme. L'enfant, fier, rêverait dans sa chambre des armes les plus efficaces, gadgets et autres objets rares, pour gagner en performance. Il avait quatorze ans et demi. Pour Noël prochain, il demanderait une arme.

L'équipement s'avérait essentiel. Avant même d'avoir pu tâter de l'épreuve, la chasse au grand gibier, il savait qu'on ne représentait rien sans un fidèle compagnon. Pas seulement un chien, mais une carabine.

Le groupe s'éloigna du père et de son fils. Parmi eux : Olaf, le beagle, et Gérald, qui partageaient au fond de leur ventre ce mélange d'envie et d'aversion à prouver qu'ils étaient les meilleurs. Se faire estimer par les autres n'était pas plus important que vivre l'instant de plaisir à suspendre par les pattes le corps d'un cerf imposant et immortaliser la photo de famille avec l'animal mort, un trou sanguinolent dans la poitrine ou la tête. Gérald était rendu furieux par la présence de l'enfant dont le coup de fusil avait sans aucun doute prévenu le gibier. Tout cela pour une caille.

Le petit traînait dans ses pattes depuis plusieurs années. Gérald lui avait appris il y a bien longtemps les cris des appeaux et celui des oiseaux. Mais il n'était pas prêt. Il ne distinguait pas l'art de la chasse de celui de la performance. Son père l'emmenait ici trop tôt, en contradiction avec les règles de prudence élémentaires. L'enfant, fasciné, insistait depuis toujours et brûlait les étapes sans jamais s'être frotté aux choses sérieuses.

    Gérald renifla l'air que l'on soupçonnait encore chargé de poudre. L'odeur des conifères masquait maintenant celle de la mort, fervent effort de la forêt pour continuer à vivre. Gérald eut un rire légèrement gras ; finalement, grâce au coup de feu, les animaux seraient en alerte. Cela ajouta une sorte d'excitation, l'augmentation sensible de la difficulté du jeu. Comme par hasard, plus cela s'annonçait intense et à risque, plus le chasseur s'impliquerait, question d'honneur. Il attendait le moment où les yeux se rencontreraient. Noirs, ceux des animaux, de peur dès le premier contact. Luisants, les siens, sadiques, dévoués à la puissance. Le chasseur ajusta le pantalon qui avait glissé sous son ventre et resserra les sangles de son sac. Il se rodait à nouveau, affinait son camouflage. Il était temps que le spectacle débute. Une caille abattue si facilement ? C'était bien une saison pauvre, on attendait encore une prise intéressante. Peut-être faudrait-il se jouer des règles et prendre un peu de démesure. Ce n'était qu'ainsi que l'on obtenait les véritables récompenses : quand on sortait du lot, qu'on s'approchait de la ligne rouge, qu'on poussait son corps à davantage, son regard à la précision. Cette année, ce devait être son année.

Olaf le suivait toujours, grondant à petit bruit, la queue dressée battant dans l'air comme un métronome. Mais l'hubris, si tôt le matin, c'était dangereux. Gérald le savait. Après avoir dépassé l'enfant qui gardait la tête baissée depuis la gifle assénée, il se ressaisit et rejoignit les autres. Le père de Basile ne moufta pas devant lui. Gérald, le plus puissant des chasseurs, était pourvu d'une petite réputation dans la ville depuis qu'il avait collé un pain au professeur de français de son propre fils, un camarade de classe de Basile, parce qu'il aurait malmené le collégien. On l'avait envoyé au commissariat ; il en était ressorti deux heures plus tard la tête haute. Impuni. Il avait souri en coin en rentrant chez lui. La lune était dehors en plein jour. Lui, comme l'astre, en éveil.

Basile avait été impressionné. Ce n'était pas son père à lui qui aurait pu commettre une action pareille. Pour le fusil, il se retrouva puni dans sa chambre pendant plusieurs semaines. Punition plutôt pauvre à l'ère du wifi. Basile passait des week-ends entiers à découper les encarts publicitaires présentant des armes nouvelle génération. Et la nuit, il dénichait sur Internet les petites annonces pour du matériel de pointe à prix coûtant, ou des astuces d'entretien de fusils. Il se construisait une expertise sanglante, sûr de lui, tandis que dehors tournoyaient les saisons, rythmées par les bourgeons, les feuilles, les fruits et la mousse, bien loin des technologies qui subjuguaient l'adolescent. Quand il se couchait, après ces soirées passées sur l'ordinateur à comparer dans son panier virtuel les caractéristiques de puissance des fusils de chasse, après avoir cliqué une première fois sur la fenêtre validant qu'il était majeur et filtré les armes par calibre, se réveillaient tout juste les biches et les faons dans la forêt.

Tant que Basile n'apprendrait rien sur elles, tant qu'il ne se trouverait pas de passion pour le vrai gibier, elles seraient, de justesse, en sécurité.

CHAPITRE III

Le chien en chaperon, les autres devant lui, Gérald avançait dans la forêt, fusil attaché à l'épaule, tête en l'air, regard franc. Il marchait en laissant des traces profondes dans la mousse, faisant attention à la régularité du poids de ses pas. Il retrouverait au fond de sa voiture des marques de terre, des végétaux arrachés à la sylve semés sur les pédales et du sable marron – pas celui des Maldives. Il avança comme en pleine lutte, expira fort, tout rouge, les oreilles coincées dans sa capuche. Ils allaient tous ensemble se mettre en place. Quadriller une zone délimitée de la forêt, éloignée des promeneurs, s'espacer dans une grande ligne mouvante et encercler les bêtes.

Il entendit soudain frémir les feuillages. Olaf, le chien, s'immobilisa. Était-ce le vent ou autre chose ? Un animal pris au piège ? Un écureuil ou un hibou ? Il l'entendit encore : comme des pas.

Son chien pointa les oreilles en avant. Le bruit était lointain mais il lui était impossible de continuer à déambuler sans savoir. Elle était là, sa faille. Sa plus grande peur. La frousse au ventre de dégommer un enfant, d'éclater un petit corps avec sa cartouche, de faire voir à de vrais êtres humains leurs dernières étoiles, ou, avant de mourir, des couleurs improbables et des angles aigus comme dans un Mondrian : du sang, du soleil, de la neige et du charbon. Tuer de son propre fusil une mignonne gamine à chouchous, qui sentirait bon la pomme ou le coquelicot.

Gérald était nerveux quand il faisait trop beau, comme ce matin, qu'avant 10 heures, déjà, des promeneurs arrivaient près des abords de la forêt, loin d'ici mais pas assez. Des familles, des sportifs, ces paresseux qui venaient là pour les loisirs alors que sa discipline à lui, la chasse, c'était du sérieux. Des crétins qui auraient mieux fait de rester chez eux à bouffer leur confiture d'églantine ou faire des crêpes aux flocons d'avoine pour le petit déjeuner. Laissez passer ceux qui savent faire, se disait Gérald, invariablement. La forêt lui était vitale, à lui. Il se sentait, près d'elle, investi d'une mission. Il aurait aimé la garder silencieuse et vide plus longtemps, rien qu'à lui, mais ce n'était pas possible. Aussi, il avait intégré le groupe des chasseurs, sa nouvelle raison d'être. Il participait à la bonne vie de la forêt, Gérald. Si on lui demandait pourquoi il chassait ? Il préservait l'écosystème et l'économie en prélevant du gibier pour que les arbres croissent et que ces cueilleurs sans personnalité puissent venir ramasser leur petit romarin, leurs petits champignons dans les sous-bois, et même leurs herbes aromatiques pour faire des infusions. Bobos de merde. Ils n'avaient pas eu assez de descendre de Paris ou de Lyon en emmenant avec eux la connerie et le stress, de coloniser les plus belles maisons du département, de s'octroyer le droit d'administrer petit à petit les restaurants et les commerces du coin. Tout voler. Le pire, c'est quand ils s'extasiaient sur tout ce qu'ils voyaient dans les épiceries mais n'avaient pas bien compris d'où venait leur pâté. Le faisan ? Carré Nord, forêt du Centre-Val de Loire. Le sanglier ? Buté l'année dernière et farci aux morilles. Ils se réjouissaient d'apprendre à manier la scie pour construire des tabourets et des bureaux comme s'ils venaient d'inventer la pratique. Ils venaient avec leurs histoires de véganisme, de bien-être animal, de yoga, de fusion avec la nature, de bienveillance, de consentement.

La vérité, c'est que ces foutus animaux bousillaient des enclos et pullulaient trop vite. À peine la période des naissances passée, ils seraient déjà trop nombreux et abîmeraient les cultures. Sans les tuer, on risquait la pandémie. Ils s'entretueraient d'eux-mêmes, meute contre meute, combats de mâles et luttes de territoire, si les chasseurs n'intervenaient pas. Soit on fermait la forêt et on y mettait le feu à coups d'essence. Soit c'était la chasse, précise et pragmatique. Une option finalement plus humaine. C'était cela qu'il faisait, Gérald : il sélectionnait qui resterait vivant parmi les biches et les cerfs. Maître de son jardin forestier. Et comme Dieu, fier de sa création. La loi l'y autorisait. Ce n'est pas qu'il avait souvent des états d'âme, mais il préférait le temps où l'on ne recouvrait pas les tenues de camouflage par un gilet fluo. C'était la belle époque. On savait s'amuser. Et, parfois, un accident ou deux valaient bien le plaisir pour tous les autres. C'était une question de statistiques, vite résolue si l'on est des intouchables.

Figée entre les buissons, la biche n'avait pas osé repartir depuis le coup de feu de Basile. La première minute, tremblante, elle avait laissé passer dans son sang les sécrétions chimiques. Son rythme cardiaque, fou, avait mis longtemps à diminuer. Elle entendait encore son cœur résonner dans chaque espace creux de ses organes, comme étourdie par les basses d'un festival outrancier. Ses jambes tétanisées équilibraient sa réaction, entre protection et alerte. Riposter ou s'enfuir ? Les deux forces opposées la maintenaient aux abois.

Elle était prête à déguerpir en une fraction de seconde, mais pour l'instant, elle devait rester cachée. La majorité de la harde avait détalé en bondissant. Elle, non. Elle était restée là avec deux autres biches qui ne la voyaient pas. Surveiller un faon ou faire de la résistance ? Non, c'était plus simple que cela. Parfois, on n'a pas le temps de courir, la violence est trop proche. On reste tranquille, et sans bouger, sans révolte, pour se dérober au coup prochain, apaiser l'atmosphère. Finir de manger ses brindilles dans la forêt, passer à demain. C'est l'une des variantes de l'instinct de survie. Le camouflage en état de danger. Ne pas aller au-devant de la menace, ne pas la prendre de plein fouet.

Imbriquée à chaque être vivant de la contrée, la biche avait entendu les arbres murmurer qu'elle pourrait être abattue. Et depuis ce matin croissait la rumeur des meurtres et du sang qui s'écoule. Chaque année, la forêt payait son tribut à l'homme comme s'il était seigneur, un sacrifice d'âmes qui martelaient la survie d'habitude, face au froid ou à l'attente. La mort s'avère certaine et personne ne se rebelle puisqu'elle sous-tend l'existence. Mais l'homme, parfois, oublie que la forêt s'impose au-dessus de lui. Peut-être était-ce un jour pour le lui rappeler. Les chiens qui couraient ce matin entre les troncs et les racines, rêvant leurs crocs enfoncés dans des jarrets tendres, voulaient voir leurs congénères sauvages disparaître, faisant semblant de gambader sans peine dans les prairies pour oublier que la Faucheuse les surveillait.

Quand les chiens sentirent les biches en éveil au fond de la forêt, ils surent que le moment était venu de redoubler d'ardeur. Flairer la peur leur redonna confiance. Mais, sabots balancés dans les hautes herbes, pattes, hampes, museaux pétrifiés par l'angoisse ou détendus, alternativement, cerfs et chiens se rejoignaient en un seul point : ils demeuraient viande.

La biche n'avait jamais entendu parler de festin de Noël. Truffe coincée entre les branches de houx, elle ne s'imaginait pas dégustée en famille, arrosée d'une heureuse sauce grand veneur, des airelles s'échappant de ses oreilles confites.

Elle ne pensait pas aux ramures tombées de ses frères perdus dans le massacre ; elle était trop jeune pour se souvenir. Trop jeune aussi pour se satisfaire du piège qui pouvait s'abattre sur elle. Elle serait vigilante aujourd'hui, écouterait pour la première fois les conseils des biches plus âgées qui chuchoteraient entre elles les traumatismes des boucheries passées, les scènes de saccage. Pour s'en remettre, oublier l'hécatombe, elles juraient maintenant par les fleurs des champs et les levers de soleil. C'était la seule façon.

La biche sentit que quelque chose allait se produire et laissa son corps prendre le dessus. Elle marcherait là où l'instinct la porterait. Encerclée, elle n'avait d'autre choix que de se laisser prendre si cela devait arriver. Espèce animale dont la génétique s'était pourtant adaptée à la pression de la chasse, dont le corps s'était allongé au fil des siècles pour échapper à la menace et la mort. Pas suffisant. Du tout.

Heureusement, les agencements planétaires en avaient décidé autrement. Un rayon de soleil traversa l'œil de la biche et la rappela au réel. Il n'y avait pas eu d'autres coups de feu. Les agapes des braconniers auraient lieu tout à l'heure. Les chasseurs étaient partis de l'autre côté, bêchant le sol de leurs godillots, allant droit devant sans se retourner, impatients de jouer. En attendant, elle et ses consœurs étaient libres. Dans la clameur de la forêt, elles comprirent qu'elles étaient seules. Pour l'instant. Sous les branches des châtaigniers, elles se sentaient protégées. Elles iraient chercher leur plaisir à elles dans la prochaine clairière, là où les coccinelles volaient encore sur les colchiques, témoins de la fin de l'été. L'attelage poursuivit sa route.

Là, elles broutèrent les herbes sèches sans même avoir à se pencher, les joues chatouillées par des chatons montés sur des tiges jaunies. Elles étaient installées, paisibles comme des citadines en terrasse autour d'un pinot gris. Détente et abondance. Les derniers grains de pollen d'ambroisie volèrent au-dessus d'elles et firent larmoyer leurs yeux fauves. Elles sentirent la vibration de l'été indien, une fois la touffeur du mois d'août terminée, et avec elle la langueur, la sécheresse. Elles récoltèrent au milieu des brins tout ce qui pouvait être mangé, sélectionnèrent, sans trop s'en faire tant cela était facile, ce qui venait sous leurs dents et sous celles, fragiles encore, de leurs petits. L'eau revenait. Les biches sentaient déjà le regain de l'humidité sous les mousses et au creux des feuilles d'arbres, mais aussi le réveil des angoisses qui précédait l'hiver, l'alerte des corps qui se revigoraient avec la baisse de la chaleur. Elles se sentaient vivantes. Elles étaient fatiguées. Leurs muscles se forgeaient des journées entières à force de fuite. L'autorité du groupe les maintenait éveillées. Les biches communiaient entre elles, organisaient la harde et leur petite société, préférant les instants calmes de la prairie pour éduquer les faons ou déguster des fleurs à celui de l'échappée du petit matin, quand les chasseurs surviennent, armés et maléfiques.

Dans la clairière, elles surent qu'elles avaient fait le bon choix. Sur le terrain accidenté crépitaient quelques flaques parmi les pousses hautes bordées de terre. L'eau... Boire de l'eau dès l'aube, fulgurance de vie dans leurs courts œsophages. Maintenant, les faons trempaient très vite leurs langues étroites dans les mares, lapant comme des chiots. Perchés sur leurs sabots, ils vacillaient et luttaient pour ne pas tomber. L'un d'entre eux tendit son cou vers l'eau. Il était si petit qu'il dut plier les jambes pour atteindre la flaque. Il goûta à l'espoir, à la pureté. Ses flancs tremblèrent de plaisir sous l'hydratation nouvelle.

Les cigales entonnèrent leur chant pour l'ultime jour d'été. Comme une récréation. La biche chaperonnait les petits et se souvint de ces premières joies. Hier, comme pour eux, l'eau était un jeu. Elle devenait, au fil des courts mois d'existence vitale, l'énergie nécessaire. La biche détestait avoir la gorge sèche, c'était pour elle une indication effrayante. Bientôt, les mères apprendraient aux faons à trouver de l'eau dans les fruits tombés au sol, avant que ne gèle le prochain ruisseau. Elles avaient vu tant de matins arides. Les petits jouaient encore car ils ne connaissaient pas la rudesse de l'existence. Ce sont la forêt et ses saisons qui décident de leur destin. Toujours.

La biche les observa en train de boire, tranquillisée. Elle profita d'un instant qu'elle savait éphémère, permis par le bouclier protecteur de la forêt, biche au milieu d'une battue de cerfs en formation, jolie fleur rouge sur la banquise. Même les moucherons qui venaient d'arriver sur son pelage ne la dérangèrent pas. Les oiseaux ne chantaient plus, l'heure du réveil avait passé. Elle resterait là tant qu'elle le pourrait. Mais pour surveiller l'avancée des hommes, elle conserva une oreille tendue.

De l'autre côté de la forêt, les femmes des chasseurs et leurs amis se mirent en place au fur et à mesure pour rabattre le gibier. Ils étaient munis de lampes et de jumelles, se croisaient au gré de leurs conversations. Certains sautillaient sur leurs pieds pour s'échauffer avant la course. Un ou deux autres les suivirent sans prendre d'initiative, les bras ballants. Tous devraient s'organiser pour créer une ligne physique qui pousserait le gibier apeuré à la rencontre des chasseurs, épaulés par les chiens lancés sur les animaux.

Revenir aux fondamentaux : le trouble, la fuite, et l'abattage. La technique de la chasse en battue était solide, l'exécution rarement sommaire. L'une des rabatteuses menait le groupe, grande et visible de tous. Une autre vérifia que personne ne craignait pour sa sécurité et rappela les mesures, alpaguant chacun d'un reproche toutes les trois minutes. La mission donnée par les chasseurs en faisait des pièces mineures, néanmoins essentielles, du plateau d'échecs. Ce travail subalterne n'avait pas l'air de les chambouler. On les avait bien informés que sans eux, rien ne pourrait advenir. Tous étaient vêtus de couleurs disparates, moins gênés que les chasseurs par des détails techniques. Ils attendirent les premiers ordres, incapables de s'organiser par eux-mêmes en ligne pour offrir aux chasseurs le front, le risque, tandis qu'eux resteraient en arrière, fascinés par la promenade en forêt, la sortie du dimanche, l'esprit de conte et de nature qui les enveloppait. C'était leur communion mensuelle avec la nature. Nommer les champignons ou les baies par des noms qu'ils venaient d'apprendre dans des guides plastifiés les remplissait d'orgueil. Les visages empaillés sur les murs, les guirlandes de houx ornant les tables au repas qui suivrait la chasse, les fraises des bois ramassées sur les chemins leur suffisaient plutôt que de tuer eux-mêmes un animal. La responsabilité, très peu pour eux. Ils allaient sur les feuilles mortes et ne se rendaient pas compte du bruit qu'ils causaient, excités par leur rôle. Un enfant glissa, se rattrapa aux branches d'un buisson ardent, le lâcha et tomba. Il repartit les genoux maculés de terre.

Sous leurs pas, les hérissons se réveillaient au fond de leurs nids. Hakim, le petit protégé du garde forestier, remua dans son lit et sentit le froid qui le tenaillait. Engourdi sous ses poils et ses pics, il se rendormit aussitôt, blotti contre la mousse. Ce troupeau d'humains ne le trouverait jamais, hypnotisés qu'ils étaient par la fureur de la chasse et la puissance des cerfs qu'ils traquaient, oubliant bien vite les petits animaux. Hakim perçut dans leur tintamarre qu'il ne valait pas grand-chose et se recroquevilla. L'une des femmes désigna du doigt à sa fille la souche sous laquelle il se terrait, puis les arbres un par un, lui expliquant, réjouie, lesquels étaient toxiques. Les autres n'écoutaient pas et marchaient d'un pas vif, obsédés par l'idée de respirer le bon air de la forêt en cet horaire matinal et par l'envie de réussir l'exercice.

La cheffe de battue passa tout près d'Hakim et, en effet, ne sut jamais qu'il se trouvait là. Elle poursuivit sa route sans fléchir de sa trajectoire, vadrouillait hardiment en tête, guidée par une colère contenue, celle de ne figurer que parmi les rabatteurs. Le bal d'enfants et de femmes l'embarrassait. Trop bruyant, trop plouc. Elle était affectée par cet étalage de gens bigarrés. Pas assez fine la stratégie de groupe, pas assez assurés les gestes joyeux !

Linda ne parlait à personne et se contentait de faire des signes de la main ou du menton pour indiquer la route. Elle désirait savoir ce qui se produisait dans l'autre équipe, chez les *vrais* chasseurs. Elle jeta un nouveau regard dans leur direction, tenta d'évaluer la distance entre eux. Qui prenait les décisions ? Qui occupait telle ou telle responsabilité ? Qui tirerait le plus vite ? Les chasseurs ne se mélangeaient jamais aux autres, c'était une histoire de fonction. Linda était mieux placée au poste de chef des rabatteurs, son corps filiforme lui permettant d'être identifiée de loin et par tous. Tout le monde la suivait sans réfléchir, famille soudée en randonnée.

 Elle voulut s'approcher, jeter un œil sur ce que faisaient les autres. Elle était curieuse, c'était dans sa nature. Lorsqu'on avait refusé sa participation à la chasse, elle n'avait pas protesté, mais elle avait admis devant eux qu'elle n'avait pas les compétences nécessaires pour tirer au fusil. D'ailleurs, elle avait arrêté d'en faire la demande depuis longtemps et épiait avec une envie contenue les fils de ses amis lorsqu'ils rejoignaient le clan des tireurs dans lequel se trouvaient son mari, ainsi que son ami d'enfance Gérald. Ah, Gérald ! Cet homme brisé par le départ de sa femme il y a quelques années et qui s'était relevé avec brio, armé d'un fusil, gagnant de meilleurs trophées chaque saison pour démontrer à ses fils que rien ne l'arrêterait. Cet homme vaillant et droit que Linda, au fond d'elle, admirait plus que tout. Elle voulait le voir à l'œuvre, lui, et son mari aussi. C'étaient le courage masculin et la force de leurs bras qui l'affolaient, comme eux admiraient les jambes élancées des biches, leur charme, leur délicatesse.

Sans hésiter, elle jongla entre l'organisation de la ligne de rabattage et le groupe des chasseurs. À chaque coin d'arbre ou à chaque croisement, elle tenta de les apercevoir, préoccupée par leur proximité plutôt que celle des cerfs. Elle constata qu'ils marchaient en meute, les chiens comme les hommes, Gérald un peu en arrière, avec une grande prestance. Comme elle, il ignorait les autres. Elle regretta de ne pas l'accompagner, d'être éloignée de lui, et se jura de tout accomplir pour qu'il vive une belle journée de chasse. Grâce à elle, un mur humain se dresserait pour lui permettre de saisir sa proie, de gagner. Mais Linda, au service des chasseurs, surveillait mal le groupe qu'elle articulait, tournée vers la forêt, épiant désespérément les chasseurs pour se sentir malgré tout avec eux. Ils évoluaient en escadrille, chacun en position, couvrant comme dans une guerre une surface définie, n'hésitant pas à marquer la forêt de leur passage en déchirant ici une feuille, en ramassant là un bâton pour le donner à l'un des chiens en manque de concentration. Elle reconnut les armoiries, les fusils, les colliers des chiens qui conféraient au groupe une véritable aura. Chacun participait en marchant d'un pas vigoureux, crachant sur le sol, après s'être entraîné l'année durant aux traditions d'une communauté unie que la chasse scellait par la fraternité de l'uniforme et de l'odyssée commune. Seules quelques branches vinrent à griffer ce tableau, mais ils s'en écartèrent vite, aguerris qu'ils étaient.

En route pour la forêt, Linda s'était galvanisée, les yeux fixés dans le rétroviseur, répétant un discours sans ambiguïté : elle était capable d'intégrer le groupe des chasseurs et ferait entendre sa voix, question de respect. Elle avait évité de se mettre du rouge sur les lèvres avant de sortir du véhicule. Se rallier aux hommes passait par l'idée de ne plus se montrer ni fragile ni douce. Sa coiffure se révéla pratique : cheveux longs attachés et relevés contre son crâne.

Quand elle avait vu son époux descendre de son 4 × 4 – ils quittaient la même maison mais ne venaient jamais ensemble – et serrer la main du voisin qui l'avait rejoint, elle s'était attendrie et n'avait pas voulu gâcher la fête en lançant des négociations hostiles. Elle lui demanderait ce soir s'il pouvait finalement lui apprendre à tirer ; c'était la meilleure façon de démontrer ce qu'elle valait. Elle maniait déjà les armes, et mieux que lui, ayant appris très jeune avec son père et ses frères. Mais, toujours, elle s'en était cachée, et tant qu'elle ne montrerait pas à son mari ses compétences, elle n'était plus sûre de rien. Et il ne la croirait pas.

Le déclic du coup de feu lui manquait. Elle avait frissonné au premier tir de Basile, l'enfant chasseur. Chaque année elle se promettait de reprendre la chasse, et chaque année son mari la décourageait, par sécurité. Et la voilà qui n'aurait souri que si Gérald l'avait remarquée, mais elle marchait loin de lui, la motivation à reculons, le visage de côté pour garder les hommes dans son champ de vision, forcée de tourner la tête et de se tordre le cou pour ceux-là mêmes qui n'attendaient d'elle qu'un service. L'un des chasseurs agita le bras vers elle. Elle rendit le salut et accéléra le pas, pressée de les satisfaire. Au-dessus d'elle, les écureuils bondissaient d'arbre en arbre pour surveiller leur course.

Le brouhaha des rabatteurs rappela Linda à l'ordre. Elle reprit son sérieux, indiqua au groupe une direction par la droite. Ils s'infiltrèrent entre les troncs d'arbres. Le chemin menait vers des prairies. Linda savait que les cerfs s'y tenaient, fuyant les plaines, mais gênés par la profusion de la forêt. La route cahotée présentait des creux sûrement remplis d'eau, là-bas. Emplacement parfait d'un petit déjeuner sylvestre pour mammifères effrayés. Prendre des forces avant la débandade.

« Où se cachent-elles, ces salopes ? » murmura Linda entre ses dents, enlevant un peu de terre glissée sous ses ongles. Elle en avait subi des réveils en fanfare pour accompagner l'activité de ses hommes ! Les biches lui en avaient gâché des samedis et dimanches matin ! Au Canada, on butait des ours pour se protéger ou faire des tapis. Si elle savait faire feu, c'est qu'elle y avait grandi. Là-bas, on pratiquait la chasse avec romantisme. La vraie : la chasse à l'arc, et ce n'était pas une paire de cailles qui pourrait la passionner, l'ancienne chasseresse ! Elle aurait aimé rejoindre son mari seulement pour garder la main. En attendant, ni patience ni hommage, juste un devoir à accomplir. On avait besoin d'elle. À cette place. Alors, où se cachaient-elles ?

Elle trouvait son groupe trop lent. Elle creusa un peu plus la distance. Les écureuils se moquaient d'elle, à bondir puis à s'arrêter pour l'attendre. Linda espérait secrètement qu'on tue d'abord les biches. Lorsque les hommes revenaient avec un cerf, cela lui faisait toujours de la peine. Souverains, olympiens ceux-là. Elle trouvait les femelles plus utiles pour les repas, faciles à dépecer, petites insolentes. Se demandait souvent pourquoi, quand il existe des biches, le cerf, lui, s'acharne à bouffer de l'herbe.

Au détour d'un sentier, elle vit, accrochée à des branches, une minuscule touffe de poils à hauteur d'animal. Surprise, elle fit signe à un enfant de s'en emparer. L'enfant s'exécuta aussitôt et lui tendit, triomphant, les poils d'une biche. Ce n'était pourtant pas la période de mue. Aucun gibier n'avait encore commencé à produire son pelage d'hiver, pas même les chiens autour des chasseurs. L'une des biches était malade, ou blessée, c'était l'alternative. Ces sales animaux marquaient souvent leur territoire d'excréments, de végétaux ligneux rongés sur leurs extrémités. C'était maintenant par des fragments de peau qu'ils s'y mettaient. Vermine ! Son envie de les mater redoubla.

Elle se souvint des gélinottes et des chevreuils du Québec. Majestés que l'on avait le droit d'abattre même en hiver. C'était quelque chose de faire griller un cerf de Virginie dans la cheminée, sur les bûches abattues par son père à la hache, ou le poisson-argent pêché sur un lac presque gelé. Pour elle, c'était ça la définition d'une famille : braver le danger pour nourrir les siens. C'est ce qui l'avait fait choisir cet endroit lorsqu'elle s'était expatriée en France après la mort de ses parents, la volonté d'aller au plus près de la forêt pour recréer ici la légende.

Elle chaussa ses lunettes de soleil et remonta le col de son pull pour masquer au mieux son visage. Entourée de ses rabatteurs de pacotille, Linda faisait comme elle pouvait pour ne pas montrer sa déception. Les bosquets défilaient de chaque côté des sentiers. Pas un seul espace ne résistait à son regard de lynx. Elle trouva sur le sol une plume de geai rayée de noir et de bleu et la glissa dans sa poche, consolation du jour.

Elle pensait encore au temps de son enfance, lorsqu'un brame assourdissant résonna au loin. À quelques encablures, un cerf se dirigeait vers les biches. Il rejoignait sa parcelle nuptiale, avait choisi le harem qui composerait son automne. Était-il le roi des cerfs ? Le plus fort ? Oui, et c'était en douce qu'il frôlerait ses femmes, dans la crainte qu'un cerf plus jeune ne le défie. Il prenait un risque d'apparaître ainsi, et sûrement n'avait-il pas eu le temps de manger entre la chasse et l'amour. C'était la rançon du pouvoir. Mais là, devant lui, elles étaient charmantes, musicales. Leur pelage de velours attira son œil. Il s'approcha.

Linda, soucieuse de ne pas altérer la qualité de la chasse, ne s'arrêta pas au son du brame, ni ne se signala auprès des chasseurs malgré le risque de croiser des tireurs tout près. Elle continua de marcher sans dériver de sa route, balaya son angoisse, certaine de ne pas figurer parmi celles qui seraient tuées d'une balle perdue. Ça, c'était le sort réservé aux imprudents. Pas celui des superviseurs. Elle savait que son mari et, elle l'espérait, Gérald, ne voyaient qu'elle depuis leur position ; ils la protégeraient.

Linda se retourna vers son groupe et essaya de deviner – faux sourire aux lèvres car elle devait garder la face – qui, parmi ces voisines insupportables, pourrait être la meilleure chair à canon si une balle se perdait. Jamais elle n'avouerait avoir eu une telle pensée, même à son mari, mais cela lui rendait plus douce l'humiliation de ne pas avoir la chance de rapporter une proie.

Sa démarche s'apaisa. Elle releva son menton de meneuse et jaugea maintenant les autres, examina leurs tenues, daignant enfin les considérer. Dans leurs poches s'agglutinaient déjà les premiers butins : des feuilles au dégradé de couleurs pour compléter des herbiers inoffensifs, de jeunes pousses à faire raciner dans les jardins, tout ce qui pourrait donner à chacun l'impression qu'eux aussi avaient chassé, qu'ils possédaient la forêt, qu'ils étaient venus là.

Sur le sentier, les indices de la présence des biches s'accumulaient. Linda entraîna les rabatteurs à la suivre.

CHAPITRE IV

Sonnée par le premier faux signal du fusil, la biche patientait, exsangue, en essayant de récupérer le fil du jour. Les chasseurs restaient sur ses traces, elle ne pouvait l'oublier. Décapiter des pâquerettes avait une saveur pauvre, et pourtant, elle n'avait plus que ça ce matin. Elle se noya dans cette idée : manger. Les faons étaient en sécurité pour le moment, ses pensées s'envolèrent librement. Comment s'endormir dans les herbes de la prairie en sachant que sa cervelle pouvait exploser à tout moment dans le viseur d'un sanguinaire ?

Elle s'aliénerait ainsi toute la journée, marchant et s'agitant pour éviter les balles, faisant aller et venir son corps au creux des ombres de la forêt, de clairière en clairière. Naïve, elle cherchait le calme auprès d'un ruisseau. Tout ce qu'elle voulait, c'était une journée sans bruit, une journée de sieste et de soleil finissant.

L'humidité de l'air asticota son museau, elle sentit l'incertitude, ballottée entre la peur et le désir d'un moment normal. Mais en inspectant ses pairs, elle regagna espoir. La biche crut qu'elle pouvait esquiver le chasseur et elle lutterait jusqu'à demain pour cela. Les autres biches avaient bien survécu plusieurs années, elles savaient s'y prendre.

Le début de semaine serait plus calme. Elle allait tenir, tenir et protéger les petits faons. Leurs visages ne demandaient pas autre chose. Elle y croyait pour eux, faisait semblant de ne rien flairer, d'oublier les murmures autour d'elle, le son des balles et des pas dans la forêt qu'elle connaissait par cœur parce qu'ils étaient gravés dans chacune de ses cellules par la mémoire transmise par sa mère biche, par toute l'animalité qui la transperçait, par l'histoire de son espèce et les réflexes qui mettaient ses sens en alerte, ô pile quand il le fallait.

Le son du vent entre les feuillages guidait ses inspirations, c'était le rythme à adopter, celui de la forêt, qui calmait instantanément toutes ses angoisses. Les rainures sur les écorces des arbres avaient parfois l'air de lui sourire. Les troncs, les buissons défilaient contre ses cuisses fines. Son corps et ses décisions restaient tributaires de cette nature autour d'elle. Elle la suivait à la ligne, certaine que la forêt reine les couvait de ses bras verdoyants. Ce matin, sa lubie de profiter de la prairie, des faons et des autres biches lui fit oublier la peur, comme pour donner au silence une nouvelle possibilité d'exister, qu'aucune arme ne l'interrompe. Ce matin, elle y croyait.

À 9 heures, elle déchanta. Elle entendit se rapprocher d'elle des craquements de branches sous des pas enthousiastes. Elle surprit les chasseurs à proximité, les chiens encouragés à s'élancer sur la harde, croyant leurs pas étouffés. Mais les cigales ajoutaient à leur chant de discrets signaux d'alarme, des notes disparates ; elles ne chantaient pas que pour le soleil ou pour se reproduire, elles chantaient pour les animaux.

Ils arrivaient, scindés en deux groupes. Des hommes armés, des femmes sifflantes et leurs marmots bruyants. La biche reconnut la méthode de la chasse en battue et arrêta de mâcher la dernière fleur qu'elle avait portée à sa bouche. C'était l'annonce d'une journée sale. Les faons ne devinèrent pas son inquiétude et continuèrent de jouer dans les flaques. Elle devait partir, emmener tout le monde à la recherche de nouveaux champs. En bélier devant la harde comme butoir d'espérance, elle enfoncerait la porte de tous leurs appétits à l'orée de la forêt, appel acharné aux asters et aux héléniums orangés, arbouses sucrées qui tombaient sur le sol à la frontière des arbres. Ici la nourriture et la boisson, là-bas le calme, et entre les deux l'inconnu durant lequel elle pouvait à tout moment finir sous les balles des chasseurs. Elle resta sans bouger quelques instants de plus, la respiration feutrée entre les herbes, pour prendre des forces puis emmener son petit monde dans un endroit sûr.

Non loin, les chasseurs entrevoyaient bel et bien les traces des biches, les imaginant au fond de cette clairière qu'ils connaissaient par cœur, étonnés à chaque fois de leur innocence, de leur bêtise peut-être. L'un d'eux siffla, goguenard : « Oh ! les biches ! » Gérald lui demanda de bien vouloir fermer sa gueule. Ça créait la cassure du silence et risquait de faire fuir les animaux. Il était du genre à penser qu'on n'attire pas les mouches avec du vinaigre, que le respect de ces êtres en face d'eux, bientôt amenés au bûcher, se manifestait par une attitude exemplaire. Olaf avait pour consigne de ne pas aboyer. Son maître le précédait, comblé par le travail de rabattage, imaginant les autres prêts à fondre sur les animaux.

L'un des chasseurs appela sa femme pour connaître les positions et l'état de progression de la mise en place des rabatteurs. Il voulait savoir à quel moment lâcher les chiens. Gérald reconnut la voix de Linda au travers du téléphone. Il l'aimait bien, la Canadienne. Une femme qui avait du cran et un esprit très pratique. Il l'avait proposée pour figurer en tête de file des rabatteurs. Elle démontrait du sang-froid, obéissait aux ordres. Il ne l'avait jamais entendue se plaindre, et ça, c'était quelque chose ! Avec elle, les résultats étaient toujours exemplaires. L'année dernière, Linda avait réussi un repli monumental de gibier, provoquant à l'arrivée des animaux un feu d'artifice dont tout le monde se souvenait encore. Elle dénichait les biches les plus discrètes, habile à créer le guet-apens qui se refermerait sur ces êtres qu'ils avaient l'autorisation d'abattre. D'une notoriété évidente, elle ne bougerait pas de sa place. Douée, elle influait aussi sur les règles de gestion de la forêt, un atout indispensable auprès de la mairie et du garde forestier.

Gérald avait grandi dans cette région qui pratiquait la chasse écologique, heureux que sous ce nom se cache son loisir préféré : la chasse tout court. Prélever un certain nombre de bêtes chaque saison permettait de rappeler aux espèces qui avait le dessus, d'éviter qu'elles se répandent et se cannibalisent, qu'elles prennent toute la place. Un peu comme avec son ancienne compagne, se disait Gérald. La différence, c'est qu'on ne pouvait plus dire une chose pareille quand il s'agissait d'une femme.

Olaf se tenait aux aguets, prêt pour la pétarade à venir, tandis que le groupe avançait, tous séparés de quelques mètres. Convaincus de réaliser un nettoyage en bonne et due forme de l'environnement forestier, les chasseurs avaient le front fier et le pas glorieux. Il y aurait un seul coup. C'était la façon la plus humaine de tuer un animal. Tous rêvaient en même temps de l'instant fatidique où se déclencherait le vrombissement furieux du sang. Le Graal : une seule cartouche pour abattre un cerf. Aujourd'hui, plusieurs d'entre eux avaient acheté le droit d'en rapporter un. On disait « prélever ». Morceau de forêt arraché, euphémisme braconnier.

Les rabatteurs trottaient entre les buissons pour drainer les animaux à l'intérieur d'un périmètre qui rendrait plus facile l'abattage. Les pulls noués autour des tailles, chaussés de baskets, les plus jeunes suivaient les indications de Linda. Ainsi les chasseurs pourraient-ils se concentrer sur les viseurs, trop peu échauffés par la course qu'ils réservaient aux chiens. Au signal déclenché, ils seraient prêts. Les animaux déferlant sur eux, ils en rêvaient tous les soirs. Gérald adulait cet instant, quand la ligne humaine, d'ordinaire mouvante, se déployait en un cerceau de feu sur l'animal. Il espéra que rien ne serait laissé au hasard : les poils, les canines et la chair des animaux plongeant entre les bras des tueurs puis tombant dans les limbes une fois tirés. Rouge cascade qui validerait la mort, dégorgeant des artères comme les volcans de la planète Mars. Les racines, à l'approche du carnage, ne semblaient pas bouger. Mais sous le pas des chasseurs elles se resserraient, chamanes, ameublissant le sol.

Gérald jeta un œil à sa troupe. Moustaches et mollets étaient de qualité. Il redoutait l'envahissement des forêts par le tourisme cynégétique. Des inconnus achetaient un droit de chasse et venaient sur ces terres pour prendre leur gibier. Son groupe n'était pas d'accord : eux au moins étaient d'ici. C'est pour cela qu'ils se serraient les coudes et chassaient tous ensemble. Le système qui s'installait réservait les plus belles chasses aux riches, plusieurs milliers d'euros la journée. Cela dégoûtait Gérald, même si c'était pour entretenir la nature. C'était une idée qui devait bien plaire à Alan, le garde forestier. Ce jeune dadais écologiste n'avait pas d'autre force que de se rendre discret. Le pognon des autres ne se gagnait pas gratuitement. Il proposait des promenades bucoliques mais ne voyait pas que les touristes ne respectaient pas les animaux.

Gérald se pencha pour attraper sur le sol un petit nid d'oiseau tombé du ciel. Il s'efforçait de protéger les caches des petites bêtes quand, de ses bottes massives, il écrasait la forêt. Fallait bien que les animaux aient de quoi manger, qu'on puisse y revenir l'année prochaine leur tirer dans les ailes. La relève, ses fils ou Basile, propagerait cette expertise.

Il reposa le nid sur un nœud de branchages, au cœur d'un buisson, puis examina son groupe, ému. L'aplatissement des classes sociales à la chasse. La vérité, s'il avait rejoint les chasses luxueuses qui faisaient rêver les autres, c'est qu'il aurait été situé en bas de leur échelle, constamment à lorgner pour les atteindre, effectuer des efforts, ou risquer la déchéance. Il préférait rester le meilleur parmi ceux d'en bas, c'était plus facile à vivre. Il n'avait que ses ambitions à cacher. Olaf, de son poil brillant et sa truffe éveillée, incarnait parfaitement sa réussite. Les autres chiens, fidèles à leurs maîtres, se déplaçaient en filant entre les troncs, s'éloignant parfois de quelques mètres des hommes. Quoiqu'on tirât ce matin, le plus beau se révélait là : leur gaieté de courir dans les fossés, sur les sentiers, les herbes qui s'enroulaient sous les poils de leur ventre et la vitesse du vent dans leur pelage. C'était leur fortune, un dimanche pareil. Ils venaient chercher l'amour de leur maître autant que le gibier. Un Jack Russel courtaud fila à l'avant du groupe. Il préférait les renards et voulait qu'on en finisse. Il remua la queue, dépassa Olaf.

Tiens ! Olaf, justement, s'était figé, alerte. Il regardait en direction de la prochaine clairière, l'une de ses pattes avant en suspens dans les airs. Il ne grogna pas encore. Sa place aurait dû se trouver auprès des rabatteurs, mais jamais son maître ne se séparait de lui. Gérald lui indiqua d'un signe de main qu'il écouterait sa décision. Le chien accomplissait les tâches qu'on lui donnait : porter la lanterne, prévenir, informer.

Devant lui s'étalait une étendue d'herbes hautes parsemées de gouttes de rosée luisant dans les rayons de soleil encore frais. Olaf voyait avant tout le résultat de son travail. Ce soir, il trouverait dans sa gamelle fumante un morceau de viande tendre battu à la main pour le ramollir, imprégné de petits moignons de lard, parfum de thym sauvage. Rien qu'à y penser, les yeux du beagle s'arrondirent ; il en perdit la tête. Un léger goût d'ail au fond de la gorge, la salive afflua dans sa gueule. Sa patte avant se crispa et son estomac se mit à gargouiller. Pourtant, il resta immobile.

Parmi les herbes frémissantes se dégageait une ribambelle de faons au repos, les poils du cou gorgés de gouttes de l'eau qu'ils venaient de boire. Autour, quelques biches qui partageaient la maternité de tous ces petits avaient le museau légèrement plus pâle que celui, charbonneux, des bébés. Olaf savait que ce n'étaient pas les faons que l'on traquait. La chasse en battue attendait mieux : des cerfs aux bois magistraux. Et le chien connaissait des cerfs leur attrait pour les biches. Peut-être viendraient-ils par amour, par erreur, par désir, se coller contre elles et les faons, et y laisseraient leur peau... Olaf aimait à montrer à tous son utilité, qu'il savait voir et dénicher, que les chasseurs allaient pouvoir s'en mettre plein la panse, qu'il gagnerait son nonos. Il observa la volupté des biches, devina qu'au milieu du calme surviendrait bientôt un cerf réclamant son dû, soumis aux forces de la nature et au klaxon retentissant des sirènes de la reproduction. Le beagle reprit de l'énergie à contempler ce tableau. Il ne pouvait l'imaginer, mais l'harmonie des courbes, c'était comme un après-midi à la National Gallery de Londres. Artémis, blanche et majestueuse sur la plupart des toiles, une impression de symétrie, de délicatesse se dégageant de la combinaison des gris et des marron reflétant le soleil. Les accords entre les herbes frémissantes et le miroitement des biches qui dodelinaient de la tête allongées sur le sol, entre elles, étaient parfaits. Non loin d'elles, on entendait les refrains des faons qui couinaient pour se saluer. Olaf s'écarta, ravi d'imaginer au milieu de ce tableau un désastre. Il rejoignit son maître, impatient du séisme à venir.

Toujours au téléphone avec Linda, son chasseur de mari lui annonça qu'à la vue du nombre d'animaux présents dans la clairière, le grand gibier qu'ils cherchaient serait difficile à débusquer par les rabatteurs. La plus importante part de la harde se trouvait ici. Des biches par-ci, par-là. Des cerfs planqués entre les arbres, prêts à se battre entre eux pour gagner leurs femelles. Entre une scène d'accouplement ou un combat de mâles, les chasseurs devraient secouer l'ordre établi. Instaurer le leur, tendre la traque, bouleverser la nature. Tout était-il possible, armé d'un fusil ?

Le bonhomme raccrocha, satisfait, et rangea le téléphone dans la poche pectorale de son gilet. Il était le seul membre du groupe autorisé à ne pas basculer son appareil en mode « avion », lien nécessaire entre la ligne des rabatteurs et le groupe des tireurs. Il se remit en chemin sur la terre parsemée d'aiguilles, sans entendre les feuilles qui s'agitaient soudain dans le vent, prêt à écouter le signal des rabatteurs en place, prêt à chasser. Les hommes ne semblaient pas attendre autre chose. Les petites récoltes dans la forêt, les pique-niques, les paysages d'aquarelles ne les touchaient plus. Leur détermination demandait d'aller plus loin, de taper plus fort.

Les biches et les faons avaient tous entendu les pas se rapprocher. Les oreilles dressées, ils ne bougeaient pas d'un pouce, espérant qu'aucun n'oserait les déranger ici. C'était une sorte de code d'honneur, la prairie comme havre de paix, le lieu où aucun chasseur ne poserait godasse, sachant pertinemment qu'il serait malvenu de le faire. Le paradis perdu, l'endroit de repos où pas une seule seconde les femelles n'auraient peur pour leur vie. Les biches et les faons demeuraient là, assoupis en vieux philosophes de leur forêt, dans la quiétude d'une journée sans soubresaut, semblant ignorer les humains. Une règle tacite et sans suspense. Voyez : entre ces hautes herbes il n'y aurait pas de meurtre. Parenthèse qui réenchantait la forêt, donzelles en train de se lécher le poil, caresse d'une certaine idée de la douceur, refuge dans lequel la vie ne mord personne, image de livres d'enfants, de fables de chaumière, des prés suisses. Dans la clairière, et dans la mémoire des biches, surgirent un cri de rossignol et comme un souvenir de printemps.

Les chasseurs apprécièrent la magie. L'un d'eux sentit une larmiche poindre. Il s'en cacha. L'une des biches se leva et, élégante, se dirigea vers le fossé qui délimitait le cercle protégé. Elle but à son tour, puis rejeta quelques feuilles de garance qui lui piquaient le museau et enfin revint à sa place. Les faons n'avaient pas bougé, pliant seulement une oreille, puis la seconde lorsque les moucherons les embêtaient. Ils demeurèrent paisibles aux yeux des chasseurs qui, après ce bref arrêt, repartirent dans le tumulte de leurs pieds déplaçant les racines.

Les faons l'avaient ressenti. Le silence, puis le bruit. Quelques secondes, leur cœur cessa de battre. Statufiés par l'attente de savoir s'ils mourraient, ils oublièrent de jouer. Leur innocence réclamait que les chasseurs s'en aillent bien plus loin. Leurs yeux brillèrent d'un plus grand noir. L'entente était informulée mais il suffirait d'un rien, d'un bref mouvement d'humeur ou d'un changement de stratégie pour qu'ils soient anéantis d'un seul coup. Ne pas perturber les chasseurs.

Leur faire croire à la poésie champêtre, se récuser devant eux de se manger les puces, avant de reprendre le cours des choses. Les biches, encore un peu plus fatiguées par ce mensonge, restèrent aussi dans leur périmètre, en dedans des piquets. En trop grand nombre, elles pouvaient abîmer la forêt, laquelle leur rendrait au centuple en refermant ses branches contre elles, les emmurant dans un espace qui s'avérerait mortel. Sous leurs corps chauds étalés sur le sol, les insectes se mirent au garde-à-vous, prêts à s'envoler en essaim en cas de pagaille. Les biches prétendirent qu'il n'y avait pas de danger. Mais elles savaient. Lorsque les hommes disparurent à nouveau dans la forêt, emboîtant le pas aux chiens, elles se remirent à respirer. Hébétées par la présence du danger, une minute leur fut nécessaire avant de se redresser et de se délier les jambes.

Fallait-il en rester là, ou partir ? Elles devaient, après tout, poursuivre leur journée.

***

Alan, pensant à ses biches, identifia plus loin une autre prairie qu'il ferait débroussailler pour qu'elles puissent se reposer en paix. Ah, s'il s'y était pris en avance ! Ah, si elles avaient su !

Elles auraient pu venir ici tout de suite au lieu de devoir évaluer la distance qu'il leur faudrait pour atteindre un lieu de refuge. Aux tréfonds des bois cette prairie était un endroit parfait, avec les souches d'arbres qui se décomposaient sans que rien d'autre s'y passe. Alan contempla l'étendue du bois à dégager, se dit que c'était possible.

Il suffirait de procéder à un déblayage en règle pour créer un nouvel espace de ravitaillement, comme une aire d'autoroute pour les biches. Il avancerait comme excuse la création d'un endroit à l'écart pour les pique-niqueurs. Un lieu que les chasseurs mettraient une demi-saison à connaître, laissant à la harde une longueur d'avance, une minivictoire. De l'ombre, de l'eau et de l'herbe.

Armé d'un Bic noir, il marqua d'une croix le lieu précis sur son plan, mesura l'espace avec le mètre dont il ne se séparait jamais et se promit de contacter l'ingénieur forestier pour entamer son projet, en accord avec l'intercommunalité. Il faudrait identifier l'impact sur les cours d'eau, les racines et la tenue du sol en sous-bois. Il savait que seule une forêt bien agencée protégerait les biches. Sa mission, en temps venu, pourrait sauver ses belles sans qu'on ne le remarque, au prétexte d'une excellente gestion du territoire. Soufflé par son ingéniosité, il se dépêcha de rentrer. Sa croix sur la carte de la forêt venait couronner une matinée d'héroïsme. L'agrandissement du territoire du cerf élaphe et de sa harde ? La victoire était peut-être seulement une question de géographie.

***

Les chasseurs, après la clairière, s'éloignèrent plus franchement dans la forêt. Ils pariaient que la liberté donnée ainsi au gibier tout proche lui donnerait confiance pour s'étendre au plus profond du bois. Cela rendrait la chasse intéressante. Ils marchèrent jusqu'à atteindre un recoin stratégique, assez loin pour que la course s'avère exceptionnelle. Ils signifièrent au groupe des rabatteurs leur position exacte. Tandis qu'ils s'entendaient confirmer la présence de cerfs venant dans leur direction, des dernières consignes de mise en place furent proférées. Tous affichèrent leur contentement sur les visages abîmés de soleil. C'était l'heure de la bamboche, avec un peu d'avance.

Gérald s'ennuyait d'un déroulé qu'il connaissait par cœur. Les choses étaient trop organisées pour lui. Pourquoi attendre sans faillir un signal sonore ? Où se situait son propre plaisir de la traque ? Il s'assit un instant entre les arbres, moment de complicité avec le brave Olaf qui pensait tout pareil mais savait calmer son maître. Au pied du buisson contre lequel il était installé, Gérald aperçut des poils emmêlés aux épines. Une vieille biche abîmée, imagina-t-il. Combien de faons avait-elle eus avant de tomber en poussière ? Combien en avait-il tué lui-même ? C'est la vie, pensa-t-il. Au fond de lui, pourtant, il se promit de ne pas épargner l'animal s'il croisait sa route. La juger trop faible, la prendre en pitié auraient été pires que tout. Un seul coup pour achever un animal qui souffre, on l'a déjà dit. C'était plus facile pour lui que d'imaginer la harde tomber par la maladie que cette vieille biche semblait porter. Gérald n'accepterait pas une hécatombe au virus. Il l'aiderait à mettre les voiles, grand seigneur.

Il laissa au groupe le temps de prendre un peu d'avance sur lui, comptant sur la vitesse d'Olaf pour les rattraper plus tard. Avec des brassards fluo, ils ne craignaient rien. D'ailleurs, le sien le gênait pas mal, crissant à chaque mouvement. N'étant pas à une ânerie près, il le retira et le glissa dans sa poche. Le grand air, c'est fait pour être libre.

À 10 heures du matin, Alan était déjà rentré chez lui, prêt à entamer une sieste, habillé sur son lit, les mains croisées sur le ventre, le document établi ce matin scanné et envoyé aux autorités concernées. Il accusa réception d'un message du responsable du domaine forestier. Un agriculteur signalait une biche malade ou blessée. Il l'avait vue marcher avec difficulté dès le petit matin aux abords de son champ en friche, manifestement vieille et en mauvaise santé. Alan irait la chercher en fin d'après-midi, quand les balles se seraient calmées.

Il cala un oreiller sous sa nuque pour remonter légèrement sa tête. Confortablement allongé, il contempla pour s'endormir les aquarelles qu'il peignait le dimanche, aux couleurs des feuilles d'arbres, accrochées sur les murs de bois de sa chambre. Il était heureux d'éluder la pluie. Il soupira puis se mit à somnoler, tandis que dehors le destin prenait sa place, le laissant étranger aux événements qui allaient se produire.

* * *

La biche profitait de son éden avant que le pugilat ne s'annonce. Les arbres étaient éloignés de la clairière. Elle mangeait encore, sans ombre au-dessus d'elle pour la protéger, comme si de menace il n'existait pas. Mais elle ne pouvait engager de projet pour la journée. Car elle devait se tenir prête à s'enfuir, à guider, à protéger. Elle comptait sur Alan pour baliser leur route, sans savoir que le garde forestier dormait. Rester insouciante alors qu'allaient fuser les balles était une discipline à part entière. Les biches y excellaient, mais avaient-elles d'autre choix ?

**

Basile, l'enfant chasseur, suivit son père en sortie de forêt et fulmina de ne pas pouvoir rejoindre le groupe des chasseurs, les vrais. On le lui avait dit, c'était l'heure de rentrer. En les voyant partir au cœur de la forêt, il sentit la frustration de devoir continuer à obéir. Dans sa tête, il compta les années à devoir attendre avant qu'il puisse décider pour lui-même. À dix-huit ans, il pourrait s'acheter son propre fusil. Peut-être même à seize, s'il trouvait un travail. Quand il apprit qu'il n'allait pas participer à la chasse en battue, il ne fut pas étonné. Son peureux de père n'aurait jamais osé y aller lui-même ; le sang d'un mammifère, trop peu pour lui. Les oiseaux passaient encore, mais un cerf ?! Basile n'avait pas protesté, mais il n'en pensait pas moins. Il se tut dans la voiture, regarda la forêt, son nouveau territoire, s'éloigner derrière lui dans l'espoir d'entendre le son des tirs au loin.

  Il termina le trajet en visionnant sur son téléphone des vidéos de traque de cerfs pour apprendre à l'avance les gestes à mettre en place. Déçu de ne pas vivre cet épisode avec les autres, il avait seulement pu s'approcher de la benne à viscères avant de sortir de la forêt. Son père lui avait appris à vider la tête de l'animal tué dedans. Cela l'avait fait rire. À défaut de pouvoir touiller dans un crâne avec des aiguilles ramassées plus tôt, il avait jeté une pierre dans la benne pour entendre le ricochet sur les abats. Cela avait fait « shpouiik ». Maintenant, il pensait au chien Olaf qui aurait rêvé de les accompagner, pressé de sentir l'odeur des échalotes grillées, de l'ail grésillant dans une noix de beurre fermier qui accompagneraient sa caille. Il rêvait surtout d'en tuer d'autres, des animaux, en pagaille et en masse, armé de son nouveau pouvoir. Il s'endormit sur l'un des sièges arrière de la Volvo de papa, pas gêné pour un sou, ni par la mort, ni par la disparition. Il avait tout l'après-midi pour s'immerger dedans.

CHAPITRE V

Une tige d'épillet entre les dents, Gérald s'inquiéta de la progression des nuages. Un grelottement dans la nuque l'incita à se lever puis à marcher. Autour de lui, nul bruit, nulle indication de la présence des autres. Ils avaient pris plus d'avance qu'il ne le pensait. Sous les arbres, avaient-ils deviné l'imminence de l'orage ? Il aimait bien ça, Gérald, le tonnerre et la pluie. Cela donnait toujours un peu plus d'ambiance à la chasse, un aspect cinématographique à la Spielberg. Olaf, lui, en avait peur et les nuages gris le rendaient nerveux. C'est-à-dire que l'eau lui frisait les oreilles.

Gérald décida d'accélérer sa marche pour rattraper les autres, suivant par instinct le chemin habituel. Quinze minutes plus tôt, les chasseurs avaient bifurqué sur la gauche à l'appel de Linda. Les rabatteurs avaient repéré des mâles magnifiques qui leur seraient réservés. Réagir vite était la seule option. Gérald, sans le savoir, marchait en angle droit de leur trajectoire. N'allez pas imaginer le pire, que sans ses brassards il risquait la balle perdue. Le plus gros danger qu'il courait, c'était de rater une belle partie de chasse. Mais, déjà, une première sensation de fatigue lui murmura : « À quoi bon ? » Ce n'était pas dans sa nature ; que lui arrivait-il aujourd'hui ? Il ne se dit pas qu'il allait manquer la fête. Premièrement, il n'en avait aucune idée. Deuxièmement, tous les chemins l'y ramèneraient sans problème. C'était édifié exprès, la forêt en cercle. Comme un piège, comme un monde. Il ne consulta pas Olaf qui avançait sans moufter, certain que son maître possédait alors toutes les réponses possibles. Être seul avec lui était un précieux privilège.

Au cœur d'un buisson, tout à coup, le chasseur entendit du grabuge. C'était un animal couché, blessé ou fatigué. Il pensa d'abord à un cerf qui aurait perdu son combat entre mâles. Impossible, pourtant ; les honteux se cachent et disparaissent plusieurs jours ou meurent. Un gros loir échappé de la nuit, apeuré par la lumière, se serait-il réfugié là ? Non plus. Olaf se tenait droit sur ses pattes, à nouveau prêt à sauter sur une proie.

L'art du chien résidait dans cette attitude : garder à la fois les muscles tendus pour s'engager si nécessaire, et rester immobile pour ne pas risquer d'effrayer les bécasses.

Quand le chasseur réalisa qu'il s'agissait d'une vieille biche malade, celle-ci laissa s'évader un souffle entre ses dents pointues. Déshydratée, la langue boursouflée, elle respirait en saccades. La biche était désorientée et se cachait ici pour éviter les hommes et le soleil. Gérald savait qu'il se trouvait sur le mauvais chemin mais décida d'y rester. S'occuper de la malade, qu'elle n'endure pas trop de douleur. Il comprit aussi que le groupe des chasseurs avait progressé sans lui. Si les autres étaient passés là, elle serait partie ou bien ils l'auraient libérée de son piège. Le chasseur ne savait pas s'ils l'auraient tuée, comme il s'apprêtait à le faire, ou laissée vivre. Il abhorrait leur respect absolu des règles de la battue. Lui en dérogeait parfois et s'amusait davantage. Bien qu'il le cachât pour n'offusquer personne, il s'autorisait souvent un petit écart vis-à-vis de la règle, certain que le garde fermerait les yeux en cas de doute. Il lui arrivait de rapporter des orchidées sauvages de ses tours de forêt, des insectes, parfois, qu'il enfermait dans de petites boîtes à loupe pour amuser les gamins. Le groupe, lui, ne jurait que par la battue, histoire de buter en masse des animaux non triés, de compter les andouillers sur les bois des morts. Gérald, au contraire, aimait savourer l'instant, ne leur en déplaise. Ce vieil animal avait quelque chose d'incomparable et méritait d'être affronté les yeux dans les yeux. Comme il le ferait avec eux, chacun des cerfs et chacune des biches qu'il pourrait bien tuer.

Le museau fin de la vieille biche se soulevait et retombait au rythme d'une survie difficile. Ses yeux légèrement jaunis confirmaient son mauvais état. Ses pattes et son corps aux muscles affaissés faisaient peine à voir. Même la caresse des branches et des feuilles l'abîmait encore. L'euthanasie comme fin heureuse pour la biche souffrante... Gérald pensa à la grâce de l'animal, de sa naissance jusque très tard. Les biches, il les aimait ondulantes, jeunes, fières. C'étaient leur fraîcheur et leur légèreté qu'il admirait au fond de lui, en plus du désir de les obtenir sur son tableau de chasse. Rien dans cette vieille carne lovée dans les buissons ne lui rappelait cela. Elle lui était insupportable, cette vision de fragilité extrême.

Gérald serra les dents. Soudain, la vieille biche se releva et s'approcha dans un sursaut de vie. Le chasseur sut qu'elle ne tiendrait pas l'hiver.

Son comportement n'était pas naturel. Cela l'attendrit. Il n'avait jamais vécu une telle proximité avec une biche. Olaf les contempla, interloqué mais conquis. Le chasseur approcha sa main du crâne de la biche et la passa dessus. Ce n'était pas réaliste ; jamais, de mémoire d'homme, il n'avait vu quelqu'un toucher une biche sauvage. Il la caressa sans crainte, ses mouvements l'ayant convaincu qu'elle cherchait à être apprivoisée. Il hallucinait. Après tout, il aimait profondément la forêt et sa mission était de la protéger. Elle se montrait complexe et multiple, un être à mille têtes et plein d'ambiguïtés.

Mais qu'est-ce qui avait donc poussé la biche à se laisser caresser, se rapprocher de l'homme, son prédateur ? Un ultime recours, peut-être. Ce moment trop lié à la mort, quand il n'y a plus rien à perdre. L'envie de se mettre à l'abri dans les derniers instants. Supplier. Toute une vie sauvage à lutter pour se nourrir. Peut-être l'autre pouvait-il comprendre, peut-être pourrait-il l'abreuver ou lui donner quelques feuilles. Elle le lorgnait, suppliante, les membres mous et prêts à tomber en poussière. Trouverait-il comment la soigner et la ramener chez elle ? S'allier avec l'ennemi peut fonctionner pour subsister. Elle était transie de peur mais ne pouvait plus espérer que cela : qu'on la prenne sous son aile, elle qui était libre mais désormais sur le point de mourir.

Gérald recula pour voir sa réaction, comme enivré. Le soleil se trouvait à la verticale au-dessus de l'équateur. Il ne savait pas ce que cela voulait dire, mais cela pouvait bien influencer le comportement des folles femelles. C'est alors qu'il vit passer une lueur dans les yeux de la vieille biche. De la spume blanche coula sur sa gorge. Elle avait la rage, cette maladie avec de l'écume au coin de la bouche. Jamais elle n'aurait dû se trouver aussi près de lui. Avait-elle fomenté l'embuscade ? Lorsqu'il comprit, il recula encore, dégoûté. La sueur dégoulina entre ses omoplates. La vieille biche se redressa et, titubant sur ses jambes, se rapprocha un peu plus de lui, tête baissée, et le suivit.

À l'hésitation du corps de l'animal branlant sur ses maigres jambes, Gérald retrouva ses esprits. La lueur dans ses yeux n'avait été que celle d'un dernier espoir de survie. Il abandonna l'idée de la ruse, de la biche enragée prête à l'attaquer, improbable, et la laissa venir. Olaf le protégerait en cas de besoin. Il marcha un peu plus loin, elle le suivit encore. Les arbres semblaient lui demander de l'attendre. Il s'en amusa. Donna un joli prénom à cette biche battante : Élisabeth.

Nouvel animal de compagnie qu'il rêva un instant de ramener auprès de ses compagnons de chasse, fier de sa capture, pour la faire parader. Une biche qui se laissait caresser... Ne pas flinguer immédiatement celle qui acceptait de le suivre.

Dérogeant aux ordres, le chien aboya doucement, comme un éclat de rire moqueur. Olaf avait raison, il n'allait pas s'attarder à tirer une cible facile ! Les autres avaient sans doute bien accéléré. Ils n'aimaient pas poursuivre la chasse longtemps l'après-midi. Gérald voulait participer à la battue contre les cerfs et s'il tuait la biche, la ramener morte ralentirait sa course. Il arrêta d'y penser sur-le-champ. Il signalerait à Alan la malade et c'est tout. Dans un sursaut de conscience – ne pas intriguer le prochain chasseur qui viendrait sur cette route –, il brandit ses deux mains et les claqua bien fort devant les buissons qui entouraient la vieille biche. Effrayée, elle prit une seconde de trop à se dégager, gênée par les menus branchages. La vitesse et les mouvements spasmodiques heurtèrent son corps mais elle déguerpit aussitôt, rebondissant sur la terre meuble, condamnée à s'y enfoncer. Gérald était satisfait. S'il avait voulu la tuer, il l'aurait eue sans mal.

La biche disparut en une longue minute entre les troncs enlacés. Le chasseur rougit de plaisir et poursuivit sa route avec son compagnon. Tourner toujours sur la gauche, en cercles concentriques vers le milieu de la forêt. Il espérait qu'Élisabeth fût la plus vieille biche du groupe. Importante pour la capture, son absence désorganisait la harde, appuyait sur leurs peurs. C'était la ligne des rabatteurs qui l'isolait d'habitude. Ils n'en auraient pas besoin. Elle était déjà en peine, même la vigueur des rayons du soleil sur son pelage l'abîmait. Il l'imagina se coucher sur le flanc, mourir dans son sommeil, absorbée par la forêt.

**

La jeune biche, elle, attendait ailleurs que le jour avance. Elle n'était pour les chasseurs qu'un entraînement, un dommage collatéral à la traque des cerfs. Mais une ombre arriva sur la clairière, les nuages se plissèrent, réunis en amas. Le vent accéléra leur mouvement, responsable de l'affaiblissement de la lumière en ce milieu de journée. La biche s'anima. Pluie signifie champignons, susurrait son estomac, bien content de la tournure météorologique. Elle se leva pour aller en déloger quelques-uns aux abords d'un fossé. Son groupe ne bougea pas, tous apaisés par la fraîcheur ramenée par les nuages et le vent, diminuant la chaleur sur leurs crânes. Le soleil était à son faîte. Quand serait-il éclipsé par la pluie ? Bientôt, la biche le sentait. Toute la forêt le scandait, l'organisait sans doute. Les abris créés par la nature ou les hommes ne manquaient pas. Un corps de maison désaffecté au milieu de la forêt garantissait cachette et buissons de ronciers chargés de mûres. Elle n'aurait qu'à éviter celles mâchées par les renards pour compléter le festin du jour.

Elle souffla. Encore fallait-il se rendre jusque-là. Elle y retournerait ce soir avec les faons éreintés. Elle s'éloigna pour repérer la route. Le sentier était facile pour rejoindre la prochaine cachette. Il suffisait de réaliser des cercles concentriques à l'intérieur de la forêt, par la droite. Cela rallongerait le chemin, mais elle y trouverait sans doute de l'eau ou certains de ses congénères.

De là où elle se situait, elle put discerner la harde presque entière. Elle se retourna vers les autres, et c'est là, en arrière-plan, perchés en haut d'une montée, qu'elle les vit pour la première fois. Trois cerfs à longue distance les uns des autres, occupés à flairer l'opportunité de la clairière, puis bientôt à se battre, ciblant la couronne et les chaleurs des femelles. À la vue des mâles qui balançaient leurs bois, bientôt prêts à s'affronter pour obtenir les faveurs d'une biche, ou plutôt de toutes les biches, elle soupira de fatigue. L'un d'eux allait venir les assaillir, mais le moment était venu de partir, de se protéger des chasseurs qui rôdaient. Les chasseurs traquaient les cerfs. Les cerfs traquaient les biches. Les mâles étaient les cibles, comme les appâts qui conduiraient à l'abattage des biches si elles ne faisaient rien, si elles ne se mettaient pas à l'abri dans une autre clairière, cachée, secrète. Les cerfs représentaient le véritable but des chasseurs, mais souvent, les femelles prenaient aussi des balles. Cela pour épurer la forêt, optimiser la production de l'espèce, la grande, l'humaine, avec la vie de ceux qu'ils appelaient des bêtes.

Les trois mâles paradaient dans les herbes, prêts à suer sang et eau pour gagner le droit d'aguicher la biche. Lequel allait se défausser ? Et qui gagnerait ? La biche sentit leur présence au plus profond de son corps. Ses veines se remirent à pulser. Ils ne la regardaient même pas, mais eux aussi discernaient de tous leurs nerfs sa présence, nuages invisibles de phéromones dans les airs, messages d'amour détectés par les corps tout entiers. Son poil se satina pour l'occasion, ses pupilles se dilatèrent. Elle n'y pouvait rien, c'était ainsi. Un cycle naturel. C'était son tour. Elle était jeune. Ils l'avaient aperçue en premier, la biche aux doux reflets. Et contre elle fusait toute la nature. Les feuilles tombaient pour s'en rapprocher, les fleurs frôlaient ses chevilles et s'y enroulaient. Les arbres chantaient plus aigu en sa présence. La biche incarnait un prix à venir chercher.

Le ciel retomba. Elle n'avait qu'une peur en tête : si les cerfs s'approchaient maintenant, ils dénonceraient sans le vouloir les faons et les biches aux chasseurs. Elle fulmina. Puis elle les détailla l'un après l'autre. De masse différente, chacun d'entre eux avait un point fort : les muscles, les bois, ou la dureté des sabots.

Les cerfs s'écartèrent de la harde, basculant ensemble derrière une butte, prêts à combattre, à l'abri des regards. La biche ne savait pas s'ils s'étaient éloignés pour de bon ou s'ils lâchaient du lest. Ils préparaient l'assaut. Les chasseurs allaient-ils voir les cerfs ? Il fallait les avertir du risque. Elle intima aux faons et aux autres biches d'avancer sur le sentier qui menait à l'abri de pierre, puis se dirigea vers les cerfs en bagarre. Enfin, les oreilles écartées, dressées à gauche et à droite vers le danger, elle réa, cri venu du fond de sa gorge, un aboiement sauvage et rauque qui surprit les faons encore ensommeillés, tout juste redressés sur leurs jambes, à peine éloignés. Le dernier faon plongé dans la mare sursauta, sortit de l'eau, s'ébroua et rejoignit la harde en sautillant. Derrière lui, des vaguelettes s'échouèrent sur les herbes mortes.

Les cerfs ne prêtèrent aucune attention à la biche, occupés par leur manège. Sur la pente herbeuse, le plus jeune des trois, aux sabots immaculés, râla à son tour et prit de l'élan pour charger le plus vieux, large, dominant, veilleur de la harde. Sa veine jugulaire se mit à battre. À son tour de tomber. Mais qui prendrait sa place ? La biche observait la querelle. Des duels, elle en voyait partout, mais cette fois-ci ils étaient trois. Un frisson la parcourut. Les jeunes cerfs s'allieraient-ils contre le plus grand ? Que décideraient-ils ensuite, l'amitié ou la trahison ? Elle hésita à s'approcher d'eux. Ses pas ralentirent. Elle les savait en risque. Mais il y avait le spectacle et l'admiration, l'applaudissement des branchages. Les bois du cerf du milieu s'étendaient comme des branches d'arbres, parfaites. Sur la peau de son front se dessina le combat. Les trois mâles se faisaient face, naseaux fumants, cous tendus.

La biche était coincée devant une frange d'arbres. Comme les chasseurs proches, qui pouvaient mettre à profit le combat pour tirer. Elle aurait dû partir, mais une force magnétique la clouait sur place. Son signal de danger n'avait pas été entendu. Elle aboya à nouveau. Les cerfs étaient déjà pris dans un triangle furieux, dans le tourbillon du combat qui allait se déclencher. Et lorsque le premier se mit à charger, les deux autres l'imitèrent, foulant l'herbe comme un orage.

Le coup de leur rencontre résonna dans la forêt. Bois contre bois, ils s'entrechoquèrent d'une force surhumaine. Carrure grandiose ou chair tendre, les yeux de la biche et ceux des chasseurs sur les cerfs disaient des choses différentes. Ils se fracassèrent, se bousculèrent pour atteindre un territoire interdit. Les chocs surpassaient en décibels le bruissement des feuilles. Les six bois fusionnèrent entre les yeux noirs et féroces des cerfs qui ne lâchèrent prise. C'était un combat d'épée à épée, de héros à héros. Trois cerfs puissants, et la jeune biche qui les observait s'affronter pour elle. Elle longea la bordure de campagne pour s'éloigner du massacre. Elle ne pouvait bouger. Déjà, elle leur appartenait. Mais auquel ? Elle les toisa tous les trois, tout son corps en émoi, un camaïeu de bruns qui virevoltait sous ses yeux en bourrasques.

Les chasseurs étaient revenus et l'épiaient de loin. Elle devait s'enfuir et prier pour les mâles. Humant la meute dangereuse des chiens, elle se ressaisit, oublia la fin du combat et s'élança en détalant sur la pente. Elle rasa bientôt le parking où les voitures des chasseurs étaient garées. Éviter la traque était plus facile seule, elle pourrait dénicher des merveilles et des surprises, comme la harde en route vers une soirée de quiétude, planquée parmi les ronces. Ou bien allait-elle se faire surprendre par l'un des cerfs en rut, celui qui gagnerait le combat ? Elle leur tournait le dos mais elle était époustouflée encore par leurs ombres qui dansaient sur le tapis forestier alors même que la distance entre eux se creusait. Elle s'enfuit. Les poils près de son ventre se gondolèrent dans la fragrance envahissante des cerfs, une émanation épicée qui la suivait partout. Elle s'arrêta pour se reposer et jeta un regard en arrière. Au loin, les rivaux faisaient toujours claquer leurs couronnes et leurs pattes pour se prouver leur force. Les herbes sous les sabots étaient à la merci du combat.

Pas un insecte ne volait autour d'eux, emportés qu'ils auraient été par la tourmente. La biche vit leurs yeux brillants du désir de vivre et de s'accoupler. Ils se frappaient et déboulaient entre les arbres, la jungle témoin de leur destin. L'un sortit du triangle, reprit de l'élan, puis chargea à nouveau. Mais la biche n'incarnait pas le même monde ; elle s'écarta des chasseurs pour conduire les faons là où elle devinait qu'ils seraient à l'abri. Elle n'avait rien pu changer.

À côté, les rabatteurs s'alignèrent pour permettre aux chasseurs l'apothéose. Ils entendaient le cognement des trois cerfs et pensaient avoir déjà gagné. Ils gardèrent un silence absolu, émerveillés par le ballet des animaux. Trois bêtes qui ne s'occupaient pas d'eux, les hommes. Leurs myocardes se contractèrent. Des appeaux dans la bouche, moins pour attirer les oiseaux que pour se lancer des appels sans crier leurs prénoms, ils se répartirent entre les arbres pour quadriller l'espace.

Concentrée par le placement de chacun, Linda ne vit pas le texto qu'elle avait reçu, indiquant d'attendre avant de se mettre en place que le groupe des chasseurs retrouve Gérald, laissé sur le chemin il y avait déjà de cela un peu de temps. Ils avaient cherché, envoyé les chiens. À cause de ce lourd, allaient-ils perdre un jour entier de chasse ? Ils le savaient débrouillard, ils jalousaient ses tirs. L'homme ne prendrait pas mal qu'ils poursuivent leur projet. Un jour comme celui-ci ne se gâchait décidément pas. Bien sûr, la pluie allait accroître l'effort à fournir. Mais rien ne pouvait leur faire peur et ils se délectaient du spectacle grandiose qui avait lieu sous leurs yeux, oubliant un instant leur destin de chasseurs pour savourer leur amour de la nature sauvage. Linda, elle, n'oublia rien et saisit l'occasion pour signaler la présence de trois cerfs d'âges différents. Ils étaient en forme, promesse d'une course fantastique. Chacun frétilla, accepta l'épreuve avec le sourire, certains de leur réussite comme de leur légitimité, s'échauffant les yeux, les poignets, les chevilles, imaginant le prix tout proche après des allées et venues dans la forêt matinales, déterminés à courir. Et, solennelle, Linda siffla. Les femmes qui l'accompagnaient, les adolescents et les chiens refermèrent l'arène. Sans un mot, ils se mirent à courir, enjambant les racines apparentes et oubliant le vent, les fermetures Éclair grinçant contre leurs torses et serrant leurs poumons.

La ligne humaine s'abattit sur les cerfs, ravissant leur journée aux lueurs qui transperçaient les arbres. Le plus puissant banda ses flancs et s'enfuit du spectacle, pensant échapper au danger. Alors qu'il fonçait vers la plus proche sortie possible, il se fit stopper par un géant désarticulé à la nuque immense, plein de boutons, le fils de l'un des chasseurs qui avait grandi avant l'heure. Il hurla un « bouuuuh ! » magistral puis éclata de rire, grisé. Le cerf courut dans l'autre sens, désarçonné, bientôt suivi par deux coéquipiers malheureux. Les dents retroussées, les bois paratonnerre. Ennemis il y a quelques minutes à l'approche des plus jolies biches, les trois cerfs ne firent qu'une seule envolée, geste suprême. Ils raflèrent le sol, semblant planer en même temps, puis filèrent entre les arbres comme si leurs vies en dépendaient.

    Et leurs vies en effet en dépendaient. Dans quelques minutes, les cartouches allaient se confondre avec l'orage et l'hémoglobine jaillir comme une giboulée. Les rabatteurs s'écartèrent d'un mouvement sécuritaire tandis que les chasseurs poursuivirent les animaux. Ils étaient concentrés, chaque millimètre de bras, de peau ou d'angle de vision conjugué à une volonté de tuer. Ils visèrent les cerfs, chacun un genou en trépied. Dans la concentration générale et la gravité du geste, les respirations se suspendirent. Le feu partit.

Gérald, au loin, s'aperçut que personne ne l'avait attendu pour tirer. Il ne restait plus que lui et son chien, perdus dans une étrange prairie laminée d'arbres secs. Olaf, son seul ami, grogna de rage.

CHAPITRE VI

Lorsque Gérald se retourna, il sut que plus personne ne pourrait le secourir à des kilomètres à la ronde. À trop s'éloigner de sa peur de tirer sur un promeneur, il s'en découvrait une nouvelle : l'impuissance. La forêt et lui, c'était une vieille histoire. Il s'y trouvait libre tant qu'il savait en sortir. Son ventre grouillant lui indiqua que l'on s'approchait du début de l'après-midi. Il ne doutait pas que les autres le recherchaient déjà. La règle était de ne pas partir en laissant quelqu'un derrière. Alan, le garde forestier, tributaire de la sécurité du site, serait bientôt prévenu de sa disparition et les chasseurs, sortis des bois, auraient lancé des rondes en voiture pour le retrouver.

Ailleurs, les chiens avaient mené le gibier en direction du clan des chasseurs. À peine le premier daguet tombé, ils s'élancèrent au milieu des sauges pour évaluer la prise. Tripotèrent l'ébauche de ses bois, étudiant sa longueur. Pendant qu'ils se félicitaient, l'âme de l'animal s'enfuit vers les cieux, emportant avec elle les souvenirs de la forêt. Des hourras d'allégresse fusèrent. Le rouge vif qui recouvrait les poils du cerf collés entre eux et les grumeaux d'organes qui avaient jailli de ses entrailles firent dire aux chasseurs : « Balle de poumon. Efficace. » Ils abattirent deux autres cerfs sans se soucier d'autre chose. Les lourds cadavres promettaient des kilos de viande et d'orgueil.

Sur le sentier dans la forêt, les faons créaient des jeux, des courses-poursuites pendant leur marche vers l'abri central. C'était la seule manifestation de l'homme qu'ils connaissaient. D'habitude, la forêt suffisait comme cachette. Mais l'idée de déguster des mûres les ravissait. Ils trottinaient en file indienne, le museau dans les flancs de l'animal précédent. Certains, minuscules, la robe encore tachetée de blanc, s'emmêlèrent les sabots en titubant lorsqu'ils essayèrent de fuir leurs compagnons. Les biches plus âgées contournèrent la harde pour protéger les petits d'éventuels prédateurs. Elles veillaient, prêtes à tout moment à bondir dans l'autre sens, à déranger leur organisation de base pour emporter les bébés et les jeunes mères avec elles, se soustraire aux méchants.

Gérald comprit que ce ne serait pas aujourd'hui qu'il décrocherait le podium du trophée de chasse, et pourtant, il n'en démordit pas. La main serrée contre son fusil accroché à l'épaule, il s'impatienta de sa propre bêtise à force de tourner en rond. Il perdait du temps avant le soir. Il avait suivi sa méthode pour trouver le centre de la forêt, utilisé le soleil pour s'orienter. Il resterait sous les arbres quoi qu'il en coûte. Impossible d'admettre qu'il ne la connaissait pas si bien, sa forêt, qu'il avait fait une erreur en ne prenant pas le pilotage du groupe. À vouloir marcher en loup solitaire, il avait laissé les incompétents gérer l'épopée, et voilà qu'il était maintenant perdu. Qu'à cela ne tienne, pour la chasse, il rattraperait le coup le week-end prochain.

Ce qui l'humiliait, c'était qu'il deviendrait la risée du groupe pendant de longs mois après s'être perdu dans ce bois somme toute pas particulièrement étendu. Contre lui, les blagues lourdes et les réflexions de ceux qui auraient passé l'après-midi à l'attendre, puis à s'inquiéter, n'assumant pas l'angoisse et préférant émettre des reproches moqueurs au lieu d'accepter leurs sentiments. La seule façon de rattraper son honneur serait de ne pas revenir les mains vides. Facile de déroger un peu à la règle et de tuer une proie en solitaire quand personne ne regarde. C'était peut-être ici l'occasion d'une aventure, d'un souvenir, de ceux qu'on garde à vie et qu'on transmet en veillée à ses enfants, ses pairs. Gérald possédait une boussole mais ne l'utiliserait qu'en dernier recours. Question de fierté.

La pluie, froide, commença de tomber et l'aspergea. Olaf s'agita, mécontent. La forêt se mit à craquer. Des fruits mûrs étaient renversés sur le sol. Des branches fragiles se plièrent comme un épouvantail, formant des ombres. L'eau s'infiltra dans l'abri d'Hakim, le petit hérisson. Bientôt inondé, il serait contraint dans quelques heures à chercher un autre refuge pour dormir. Un éclair dans le ciel enjoignit le chasseur à agir franchement.

Sur le parking, l'ensemble disparate des chasseurs, tout juste rejoints par les rabatteurs, se questionna sur la marche à suivre. Fatigués de la matinée au grand air, des premiers résultats de chasse mitigés, puis intéressants, perchés sur les sièges des voitures ou assis sur les barrières et les tables de pique-nique, ils se consultèrent. Linda était assise au sol sur le bord du parking, sans savoir qu'il s'agissait de l'endroit exact où

Gérald avait pissé ce matin. Épuisée, elle coordonnait les plus désorientés pour qu'ensemble ils s'occupent des pièces de viande avant qu'elles ne faisandent à l'arrière des coffres de voiture. La probabilité de contamination des chairs par le plomb s'accentuait à chaque mouvement des besaces de transport.

Le partage rituel après la chasse en battue ne pourrait avoir lieu dans la liesse. Les balles tirées sur les os des animaux suintaient et diffusaient leurs substances chimiques, poison pour les hommes. À eux revenait la tâche de découper la viande au plus vite pour préserver le maximum de la victuaille. Optimiser le cadavre pour en tirer davantage. Chacun trouvait qu'il était trop dangereux de rester ici sous les éclairs mortels. Gérald savait se débrouiller seul, mais on ne laissait pas un homme derrière soi. C'était impardonnable. Linda s'occupa de rassurer les familles et d'organiser la suite. Son mari appela les secours et prévint le maire. Il pleuvait dru tandis qu'il cherchait à s'abriter et criait dans le combiné de son téléphone les quelques informations qu'il possédait : Gérald disparu avec son beagle Olaf ; un père et son fils Basile repartis plus tôt mais peut-être déjà rentrés, on ne savait pas vraiment. À part cela, ils étaient au complet. Les pompiers dirent qu'ils arrivaient sous peu.

La chasse avait été belle. Les corps des trois cerfs tués avaient été portés haut par ceux qui avaient tiré et se trouvaient désormais sous une bâche vert émeraude à l'arrière d'un pick-up. Rendez-vous fut donné à tous ceux qui voulaient en partager la viande, mais à l'abri, loin du crime, sous une gigantesque véranda chauffée, une fois les douches prises et les chaussures changées. Le ciel menaçant hâta les décisions à prendre.

Le maire, inquiet des conflits existants autour des chasseurs et de la disparition de l'un des leurs, se précipita sur site pour incarner sa position. Et puis, il savait qu'il y avait sur le parking Linda. Linda avec ses grandes jambes, au corps gracile. Une météo calamiteuse et un sauvetage de nuit lui offriraient peut-être l'occasion de l'impressionner.

Des chasseurs partirent et d'autres restèrent. Une rotation fut prévue pour ravitailler en café chaud, nourriture et couverture ceux qui renseigneraient les pompiers sur Gérald et leur précédente trajectoire. Ils s'amassèrent en troupeau, devinèrent que cela durerait le temps de l'orage. Il allait sévir toute la nuit et ne s'arrêter qu'au petit jour, quand il aurait clamé bien fort la toute-puissance du ciel, comme de la forêt qui reprenait pied face aux hommes.

Derrière une rangée d'arbres, la biche les observait. Écartée du groupe en route vers l'abri, elle scrutait les voitures en train de déguerpir, les enfants scotchés contre les vitres arrière pour en capter le plus possible. Elle vit arriver le camion des pompiers, les autorités, scruta les allées et venues de chacun des groupes qui se donnaient des informations de première fraîcheur. Les lumières franches et le son tumultueux des moteurs ne l'angoissaient pas. Elle avait l'habitude des nuits dans la forêt, là où le véritable bruit se propage. La fureur des végétaux et de la faune, c'était bien autre chose que ces carcasses de métal qui ne rugissaient que parce qu'on avait versé dedans du feu et de l'essence. Elle s'inclina lorsque furent chargés dans les coffres les corps des cerfs morts, ployant le genou par amitié pour les siens, secouée de ne pas avoir entendu leur dernière respiration.

Linda et son mari avaient entrepris ce qu'ils avaient pu pour retrouver Gérald. Sur consigne des pompiers, ils laissèrent l'un de leurs deux véhicules en bordure de forêt, loin du parking, portes déverrouillées et phares allumés. Dans le cas où le chasseur sortirait par la route, il pourrait s'y abriter. Ils partirent ensemble avec la voiture de Linda. Avant de boucler sa ceinture, elle s'était appliqué du rouge à lèvres, malgré l'heure, malgré la pluie. Son mari, la voyant faire, effaça tout soupçon. C'est à la maison, et avec lui qu'elle rentrait. En dépit de l'orage, il avait fait le sacrifice de son véhicule pour protéger le disparu si par mégarde ce dernier avait égaré ses propres clés dans les embûches de la forêt. L'homme était soulagé de produire sa part, espérant secrètement que le beagle Olaf trouverait le chemin pour deux jusqu'à sa voiture. Pas tant pour leur sécurité que pour devenir lui-même, en partie, le héros du sauvetage.

Le maire fut déçu de ne pas trouver Linda sur place et il houspilla sous la pluie les secours qui ne se montraient pas des plus efficaces, frustré de l'absence de cette femme. Il perdait sa soirée. C'était depuis l'un des véhicules de pompiers et celui des gendarmes que se ferait la recherche. « En attendant, rentrez chez vous, merci. » Alan n'avait pas été prévenu. Les équipes de secours avaient estimé qu'il leur serait plus utile frais comme un gardon au réveil demain matin. Le garde forestier connaissait suffisamment les chemins, l'emplacement des poteaux électriques, les routes pour estimer ce que la violence de la nuit à venir allait emporter. Ce n'était pas une volonté de ne pas suivre la procédure, simplement un oubli.

Sous le rideau des arbres, la biche scruta encore ce remue-ménage de ses yeux perçant la lumière. Le décompte fut net : elle et son groupe avaient perdu trois cerfs, déjà, tandis que les chasseurs étaient délestés de leur meilleur tireur et de son chien. Le score de la bagarre, rééquilibré par le hasard et l'inattention des humains, ne donnait faveur ni aux uns ni aux autres. Avec Gérald, son arme et son chien dans la forêt dont elle était prisonnière, il n'y avait aucun soulagement possible. Seule l'angoisse croissait. Elle était loin de retrouver les autres. Elle déguerpit.

Gérald, lui, cherchait un arbre sous lequel s'abriter, le temps de repérer un chemin efficace. Il laissa tomber la logique. Il n'avait plus que son intuition pour le guider. Avec de tels nuages, songea-t-il, il serait impossible de distinguer quoi que ce soit dans le ciel quand la nuit serait tombée, pas même une seule étoile. Il chercha la lune du regard, celle de ce matin, mais elle avait disparu derrière la ligne d'horizon, ou le voile gris du ciel, il ne pouvait savoir. Il s'abrita sous un branchage haut, ruisselant d'eau, et s'adossa contre le tronc protecteur. Sous la canopée, près de lui, l'avancée d'une falaise. Lui et le chien s'étaient arrêtés à son pied.

Dans le halo d'une lumière qui trouait difficilement les nuages, Gérald distinguait mal les aiguilles de sa boussole. Il observa longuement les arbres autour de lui. Il essaya de corréler leur espacement et leurs espèces à l'endroit où il pouvait se trouver sur sa carte mentale. C'est que tout cela avait bien poussé. Pas facile de retrouver ses souvenirs alors qu'il ne s'était pas aventuré jusqu'ici depuis longtemps. La complaisance des chasses du dimanche le piqua de colère. À cause des femmes, des enfants, des paresseux, ils n'allaient plus très loin. Le résultat s'affichait : il ne connaissait plus la forêt. Vivre en groupe et s'affaiblir ou cheminer seul, plus vite, l'avait toujours questionné. Trempé, le nez coulant, il se dit qu'il serait temps au retour de changer de stratégie.

La jeune biche, en chemin vers sa harde, reprit des forces. Chasseurs disparus dans la nuit, plus qu'une seule menace, unique et insoluble, qui restait pourtant proche. Mais avec la nuit qui arrivait, elle aurait une chance. Elle avait une longueur d'avance.

C'était sans compter sur la lunette à vision nocturne du chasseur. Cheminer sans avoir conscience d'une technologie telle représentait un non-sens, une faiblesse qui la mènerait sans discontinuer à l'affrontement final, à la mise à mort dans le noir de la forêt.

Une chouette hulula au-dessus de Gérald, tout en haut, sans doute cachée au creux d'un tronc. Soit l'averse diminuait sans pudeur la luminosité et la détraquait, soit le jour se terminait bien trop vite pour que Gérald demeure imperturbable. Il sentit Olaf fatiguer avec lui. Il s'inquiéta pour son compagnon. La soif ne constituerait pas un problème ; la pluie tombait par litres jusque dans ses poches. Le poids de ses jambes, en revanche, et l'envie déchirante de fumer une cigarette, tant pour le tabac que pour se réchauffer, lui traversèrent l'esprit, alourdissant sa démarche qui devint un vacarme étouffé de pieds qui frottaient le sol. Puis, de nouveaux coups de fusil survinrent. Sans doute un appel du groupe pour l'aider à retrouver sa trace, se signaler. Au loin, les autres avaient jugé que c'était une bonne idée, connaissant l'entraînement solide d'Olaf à pister des chasseurs, guère passionnés par les fusées de détresse qu'ils trouvaient moins nobles que les balles. Ils devaient le chercher depuis longtemps. Mais le glouglou de la pluie le long des arbres, les bruits du cœur de la forêt, le ciel qui grondait sans cesse, et maintenant le vent l'empêchèrent de localiser parfaitement le lieu d'où provenaient les tirs. C'était peut-être derrière lui. Ou alors devant. Le chien, lui, savait. Salvateur, il désigna du museau la droite. Son maître lui fit signe d'attendre. La direction, ils l'avaient. Ils escomptaient maintenant la réduction des torrents avant de s'engager. Demeurer sous un arbre ajoutait toutefois à l'urgence. Gérald ne parvenait pas à se décider entre le froid mouillé et le risque de foudroiement. Il agissait comme s'il ne connaissait pas le second, se sentant exempt des risques, n'ayant plus beaucoup le choix.

La première étoile apparut non loin, mais il ne pouvait la voir, masquée par le noir intense des nuages. Saisi par la fraîcheur, il essaya de contracter ses muscles au rythme de ses pulsations cardiaques pour ne pas les laisser refroidir. Ce fut son seul mouvement. Le chien tournait en rond autour de l'arbre pour ne pas s'endormir, sans bruit, méticuleux. Le chasseur, privé de la récompense des tirs après une mise en jambes longue et la montée constante de l'intensité des événements de la journée, se sentit frustré de l'absence d'issue à sa traque, indigne. Le poids des cartouches pesa davantage dans sa sacoche mouillée. Sa rage grimpa au son du vent qui écrasait les branchages. Olaf, son meilleur ami, pleurait doucement, lui aussi bafoué dans son orgueil. Une heure après le coucher du soleil, ils savaient l'un et l'autre qu'ils n'avaient plus le droit de chasser. Certains territoires, certaines heures ne sont pas propices à l'assassinat. Pourtant, Gérald ferait fi. Personne ne le verrait, et puis il avait une excuse. On s'ennuierait cette nuit, sinon, alors que tout seuls dans la forêt, ce devait être un soir de fête.

À l'entrée du parc forestier, les sirènes retentissaient toujours et les lumières bleues et rouges clignotaient comme jamais, loin de faire concurrence aux éclairs. Une ligne humaine angoissée et serrée dans des couvertures de survie, toutes formes de capuches étalées sur les fronts, résistait pourtant à la tempête, incarnant l'espèce des hommes, le soutien infaillible à Gérald, sans reconnaître leur impuissance face à la nature qui avait décidé de le garder avec elle ce soir, et encore moins le froid qui figeait leurs flancs.

Au coucher du soleil, les biches s'arrêtèrent sur le bas-côté d'un sentier. La sororité sanglota sur les trois cerfs perdus, dans une ultime odeur de romarin sauvage calciné qui montait au ciel. Trois mâles avaient été emportés à coups de fusil. Les biches y avaient échappé de justesse, comme par miracle. Plus haut, l'infini gris foncé des nuages était transpercé des nuances chatoyantes d'orange et de rose. Les larmes rejoignirent l'humidité du sol et nourrirent la mousse. Peut-être que l'une d'entre les biches était déjà enceinte de l'un des trois cerfs morts. Elles ne le sauraient jamais. Dès demain, un nouvel héritier du royaume, ce soir encore caché dans la forêt, viendrait les assaillir. Les faons, fragiles et apeurés par la mort qui rôdait, se couchèrent sur les chevilles des biches et fermèrent leurs yeux noirs. Ils étaient tous restés sous la pluie pour souffrir avec leurs morts. La jeune biche, arrivée parmi eux et crispée, soutint deux d'entre eux et les rassura d'un frôlement de museau. Il fallait continuer, il fallait vivre. C'était ainsi, la forêt.

Les insectes se soulevèrent de toutes leurs forces contre la pluie, bravant la gravité, en nuée au-dessus de la harde. Les cycles se perpétraient, sans échappée possible à part jouer d'un papillon sur une fleur, d'un faon contre soi, du chant d'un grillon tout près. Rien à faire. Les incantations silencieuses proférées par leurs entrailles et la complainte des faons berçaient le groupe, le soir et la forêt. Les blaireaux, de sortie pour dénicher des vers, omnivores dévorateurs, retournaient la terre suintante tout autour d'eux, creusant des tombes imaginaires pour les trois disparus. Mais les corps des cerfs étaient impossibles à veiller et à célébrer. Décapités, ils seraient bientôt découpés, placés à moins vingt degrés dans le congélateur d'une famille mondaine qui en tirerait fierté dans une sorte de banquet traditionnel en musique, tenu dès que le dernier des chasseurs serait à nouveau parmi eux.

* * *

Basile apprit, en entendant ses parents au téléphone, que Gérald le chasseur avait disparu. La mère, comme le père, trouva judicieux de râler pour la forme. On ne pourrait pas organiser de dîner solide avant de l'avoir retrouvé ! Et encore faudrait-il qu'il ne meure pas ce soir, ce qui gâcherait une saison prometteuse et leur ôterait un rôle social important puisqu'ils étaient chargés depuis toujours d'apporter le plateau de fromages à la fête. Ils rassurèrent leur interlocuteur sur leur bonne santé et confirmèrent leur retour à la maison. Après avoir raccroché, ils continuèrent à critiquer Gérald et son imprudence. Leurs moqueries étaient à peine couvertes par le son de la télé. Basile, consterné, se demanda pourquoi il était né dans cette famille. Qui avait bien pu lui coller ces crétins de parents ? Pour lui, tout était déjà tracé, et pas sur la meilleure des routes. Dans le silence d'une fin de journée en famille amère, il entendit la pluie gronder sur les tuiles et regretta de ne pas être resté dehors avec les secours. Il devait s'échapper d'ici.

* * *

Alan avait bien mis son réveil mais il ne l'entendit pas. Il s'éveilla très tard dans l'après-midi. Après s'être rasé et coupé les ongles des orteils, ce qu'il n'avait pas fait depuis longtemps, il s'attabla sous la charpente de bois de la salle à manger et prit un petit déjeuner en guise de dîner, des tartines de confiture avec un grand bol de chocolat chaud. Il adorait cela par-dessus tout, inverser les repas. Puis il se prépara pour sortir, prit soin d'emporter son ciré, repensant aux lointaines consignes de sa maman. Il était temps de partir chercher la biche malade. Le soir, elle se montrerait plus facilement. Les biches savaient lui demander de l'aide. Il ignorait la situation sur place, que les secours avaient commencé à fouiller parmi les arbres, ses arbres, le territoire dont il était responsable mais que personne n'était vraiment d'accord de lui confier.

Des aiguilles de pin tapissaient son jardin détrempé. Il devina une longue tempête. Sa présence dehors, ce soir, était une aubaine ; il pourrait répertorier dans le rapport qu'il enverrait demain les dégâts qu'elle causerait. Il rejoignit les abords de la forêt et fut aussitôt ébloui. Sur le parking l'attendait une équipe de militaires pourvus de talkies-walkies. On l'informa de la situation. Embarrassé par son manque de préparation, il demanda au maire pourquoi il n'avait pas été prévenu plus tôt de la situation. Ce dernier haussa les épaules. La 4G était disponible autour de la forêt mais le système de câbles et de poteaux avait peut-être été endommagé au début de la soirée. Pour preuve, ils n'étaient pas parvenus à joindre le chasseur.

Retrouver Gérald et son chien devenait la priorité. Avec la tempête, ils pourraient être écrasés par un arbre déraciné ou frappés par des branches battantes. Alan, lui, voulait surtout répertorier les dégâts dans la forêt. Il savait déjà que, dans les semaines à venir, il faudrait reclôturer, une urgence pour les arbres et les animaux. Avec tous ces militaires mobilisés, Gérald se trouvait entre de bonnes mains.

Un chasseur resté là pour informer et épauler les secours ironisa sur la partie de chasse que Gérald se payait à lui tout seul, au-delà des horaires autorisés, avec l'excuse d'assurer sa survie dans une forêt balayée par la tempête. Avait-il tort ? s'inquiéta Alan, peu optimiste sur la bienveillance de Gérald envers la forêt. Il essuya son visage, rajusta sa capuche puis frotta ses mains pour les réchauffer.

Puisque le maire s'occupait de coordonner les secours, le garde forestier se concentra sur sa mission : la sûreté des bois. La saison du brame était violente et les agriculteurs se plaignaient de la mise à sac de leurs champs, des parcelles coupées en régénération. Les cerfs allaient dans les trouées le soir, quand tout est plus tranquille, et arrachaient des arbres. La terre mouillée allait leur faciliter la tâche en cette nuit d'orage. Alan s'inquiétait peu pour Gérald et, au fond de lui, il espérait qu'on le retrouve piteux et épuisé tant l'arrogance des chasseurs l'importunait parfois.

Il grimpa dans son véhicule et alluma la radio. Sur Chérie FM passaient toujours ses morceaux préférés. Cette nuit, le nouveau titre de Vianney. Il aimait longer *sa* forêt en écoutant *sa* musique, même si le volume n'était pas réglementaire. Se penser en chien fou, lui l'ancien gamin élevé au grand air par les centaures de la forêt, l'adulte resté enfant en miroir de la biche, naïf et discret, avec un seul but : protéger ce qu'il pouvait par-dessus tout. Mais dans la nuit, aveuglé par les gyrophares de toutes parts, écarté des hommes qui décidaient de tout, il ne voyait rien, rien, rien. Il avait peur pour son monde. Et il ne pouvait rien.

CHAPITRE VII

Aussitôt que Gérald entendit chuinter les aiguilles et les feuilles, il sut que le bruit était celui des pas d'un être vif. Il fut immédiatement certain d'une chose : c'était l'animal qu'il devait abattre. Il tourna la tête en direction d'une rangée de conifères. Le roi animal se tenait là, devant lui, les bois magnifiés par les reflets dans la pénombre. Absent de toute réalité, hypnotisé par lui-même. Un cerf gigantesque, peut-être le plus beau de tous. Sentinelle de la forêt, née au milieu du soir après les coups de canon dans le ciel.

Il s'approchait de la harde orpheline de son père et de ses concurrents. Gérald sentit le soulagement grimper à la surface de sa peau. Il n'en croyait pas ses yeux, comme si les planètes s'alignaient enfin. Voilà pourquoi il s'était perdu. Voilà pourquoi la déviation du chemin. La nature avait choisi pour lui. Gérald, au fond de lui, s'y fiait. Comme un vieux marin soulevé par les tempêtes, il embrassait la superstition quand les éléments se déchaînaient contre tout. Alors, il détailla sans bouger le cerf prodigieux élancé devant lui, son port de cou solide et long, une voie lactée, les membres puissants, le museau ramassé, le poil épais et sombre. Ses bois se dressaient face à la canopée, narguant même l'atmosphère. Il s'opposait à la mort de par sa seule stature.

Le chasseur ne perdit pas une miette du spectacle. Ne perdit pas le nord non plus malgré l'humiliation infligée par la pluie. D'une main agile, il choisit les cartouches pour charger son fusil. Faire coïncider la majesté de l'instinct et son réflexe à vif. Il ne pouvait rien vivre de plus parfait, c'était son moment, la bombarde des balles dans les airs et le murmure des arbres, la conjoncture qu'il aimait le plus au monde, un orgasme à venir. Il emporterait le vol des oiseaux avec la vie de l'animal en un seul coup de feu. La faible clarté restante lui suffisait tout juste pour viser. La difficulté de l'exercice l'enivrait. S'incarnait là, enfin, la pureté de la chasse.

Gérald effectua un demi-tour sur lui-même et posa un genou à terre. Il éplucha les traits du visage du cerf. Oui, on aurait dit un visage. Il détailla l'ironie de ses bois écartés grand, ainsi que le sont des cuisses humaines au moment de l'amour. Sa victime était comme une femme à l'abandon. Aussi sublime. Il imagina sa balle se loger dans la boîte crânienne, bien au centre, et la cervelle visqueuse en couler sans répit. Le cerf, les deux pattes avant reposées sur une roche, se tenait devant lui tel un divin martyr. Le sacrifié de la forêt sur l'autel de Gérald. Le chasseur, lui, se sentait à sa place. Une nouvelle fois, cependant, il regretta de ne pas avoir de cigarette pour assouvir son vice. Il était calme et le cerf ne l'avait même pas vu. Il se signa mentalement, sachant l'heure venue. Assez observé le monarque. Prêt à l'abattre et à retrouver les autres, triomphal. Peu importaient les chaussures mouillées et le chien misérable.

Alors qu'il était sur le point de soulever son arme et de la déclencher, un bruit retentit près du cerf. Un second animal chemina le long des arbres. Il se dressa à côté du premier. Moins grand, plus vif encore, les bois plus courts mais dressant sur sa tête une sculpture théâtrale. L'équilibre des forces en présence était saisissant. À l'arrivée de son congénère, le premier cerf sembla se détendre. Gérald ressentit un malaise, une anomalie. C'était la saison du brame. Pourquoi ne se rapprochaient-ils pas, non de face mais bois contre bois, pour s'affronter, déstabiliser l'adversaire ? Allaient-ils se battre pour gagner telle ou telle harde ? Il ne se trouvait pas, tout proche, de harem à protéger, et pourtant l'un des deux cerfs se dressait dans la nuit, un titan sous la lune.

Gérald retint son arme quelques secondes de plus. Il attendit que l'un d'eux menace l'autre, mais rien. La chouette hulula encore, mettant en musique le mythe des cerfs. Sous ses yeux, alors, se déroula l'impensable. La bouche meuble du premier cerf s'approcha de celle du second. S'ils se blessaient, ce ne serait pas par affrontement mais par choix du cœur. Ils becquetèrent ensemble, dans le vide, collant leurs museaux, leurs joues, bientôt leurs épaules. Les yeux regardaient tour à tour l'autre, ou dans la même direction. Leurs jambes s'allongèrent, souples et puissantes, pour rapprocher les deux corps. Dans la nuit, face au chasseur médusé, ils mélangèrent enfin leurs langues, leurs désirs animaux. Le premier cerf, le visage fin et étiré jusqu'à en paraître squelettique, tentait de contrôler sa mâchoire qu'il referma sur la nuque du second cerf. Il lui mordit le cou. L'autre émit un doux cri rauque, presque un mot, et se laissa faire, les épaules affaissées sous la tendresse. Il plia légèrement les genoux, diminuant son état d'alerte. Les yeux à demi fermés, il promena son museau sur le garrot de l'autre cerf, encore.

Fallait-il les déranger ? Les arbres se consultèrent.

Interdit, Olaf se réfugia plus loin et chercha, truffe contre sol, ce qu'il pouvait reconnaître : pommes de pin, brisures de lierre, peut-être des poires sauvages qui auraient roulé là. Une frêle tangibilité face à la langueur des mammifères qui s'effleuraient, fatiguant la poésie, dénaturant l'imaginaire du chasseur. Loin des balles de métal, les corps malléables et tièdes se dressaient contre l'idée même de fuite ou de peur. Et les écureuils les regardèrent s'aimer.

Frappé par la nature folle et un immédiat spasme dans l'aine, Gérald s'écroula sur ses pieds. Il entoura ses genoux de ses bras comme un enfant en état de choc. Il se réfugia dans ses rêves, ignorant la grandeur et la violence autour, les sortilèges de la terre. La forêt lâchait ses chiens sur lui. Il avait perdu ses repères. Devant lui dansaient deux pelages aux reflets d'airain, qui se diluaient l'un dans l'autre à la manière du lait chaud et du café, pour former un tout candide et obstiné dans l'adoration.

Mais le chasseur se ressaisit. Deux pièces pour le prix d'une, peut-être était-ce pour le meilleur, se dit-il. Laisser la place à d'autres cerfs pour mener la prochaine harde de biches. Place au renouveau, à bas les dégénérés. Il avait pensé tout de suite à la consanguinité qui régnait dans certaines forêts. Il allait profiter de leur inconscience pour rétablir son ordre. Il n'était en possession que d'un seul bracelet de cerf, une seule autorisation pour ouvrir le feu et tuer. Allait-il briser la règle, les tirer tous les deux et arguer l'erreur dans la nuit ? Le cerf, c'était l'animal qu'il aimait le plus sacrifier, avec son visage empereur, son destin implacable. On sait que les bois tombent et se régénèrent. Le velours se collectionne, rituel. Il n'en avait jamais vu de plus beaux que ces deux-là, et pour dire la vérité, les forces et les textures lui semblaient exceptionnelles.

Olaf, caché loin, ne pouvait l'assagir. Des pousses d'astragale lui chatouillaient les mains près du sol. Bouleversé par l'embrasement des cerfs, Gérald sentit petit à petit la furie s'emparer de ses muscles. Lui qui affichait rarement une expression faciale retroussa le nez comme les babines. Au moment de viser, prêt à faire feu, il ne voyait plus que l'éclat des yeux des animaux s'enchevêtrant et devina tout juste lequel il tuerait en premier.

Élisabeth, la vieille biche qui souffrait de la rage, déambulait dans la nuit. Elle s'était éloignée des autres pour ne pas risquer la contamination et étouffer sa douleur en paix. Elle vivait ses derniers instants de biche, se baignant encore parfois dans les ruisseaux pour trouver de la joie, nymphe sortant du bain. Lorsqu'elle bavait au milieu des autres, elle se savait impudique. Elle était partie, s'était mise au ban des animaux. Elle avait tourné autour de ses monticules préférés, longtemps, revu les arbres de ses souvenirs, certains grandis, d'autres arrachés.

Elle acheva sa montée de l'unique colline de la forêt pour se rapprocher des astres, comme le lui indiquait une force qu'elle ne connaissait pas. C'était peut-être cela, mourir, aller à son destin sans jamais le renier. Elle marchait, fière, prétendant encore en être, se faufilait malgré la difficulté à se mouvoir entre les jeunes troncs tendres des arbustes d'automne. C'était son dernier soir, mais personne ne lui enlèverait l'allure. Au fond d'elle, cela la réconforta. Elle avança sous la pluie, épuisée par le poids des gouttes sur sa fourrure mouillée, tentant d'entrevoir pour la dernière fois le noir du ciel saturé par une sorte de brouillard. Elle décida de marcher les yeux en l'air, sa vision nocturne désagrégée par la douleur, la vieillesse. En fermant complètement les paupières, elle continua de monter dans le dédale forestier. Et, de ses dernières forces, arrivée au bord de la nuit, elle prit de l'élan sur ses pattes arrière, fit un dernier bond sans grâce et se jeta dans le précipice, propulsée vers le pied de la falaise, entre deux cerfs amoureux.

***

Linda ouvrit le robinet de l'évier pour rincer l'eau savonneuse qui lui couvrait les mains. Elle ne parvenait pas à dormir. Depuis sa cuisine en verrière, elle vit passer sur la route un voisin qui rentrait chez lui, certainement après la journée en forêt. Mais pas un seul camion de pompiers qui aurait pu ramener le disparu en centre-ville ne le suivait. Pourtant, elle guettait depuis des heures. Et pendant qu'elle avait débarrassé les assiettes des restes de nourriture puis lavé la vaisselle, elle pensait à lui, Gérald, l'homme qui, à ses vingt ans, l'avait invitée au bal de la ville un soir de juin, sous la pluie déjà, quand personne d'autre n'avait daigné venir. Ils s'étaient retrouvés seuls sous les lampions et sous des torrents d'eau. À l'époque, Gérald possédait davantage de cheveux. Linda avait les dents du bonheur. C'était la première fois qu'un homme s'intéressait à elle. Elle avait joué de ses jambes et de sa jupe. Elle venait d'arriver dans la petite ville, de s'y installer. Des affiches jaune moutarde l'avaient informée du bal. Personne ne lui avait proposé de se réfugier ailleurs quand la pluie s'était mise à tomber. Tous avaient déserté la place. On avait laissé les néons et la musique jusqu'à ce que tout s'éteigne. Les bus ne roulaient plus, elle ne pouvait rentrer chez elle. Il n'était resté que Gérald, trop lent pour réagir ou trop indécis lorsqu'il l'avait vue.

Elle dansa avec lui une fois, cette seule fois où son cœur avait tant palpité, déchirant sa cage thoracique. En lui, elle avait ressenti l'appel de la forêt, de l'aventure. Mais elle s'était méfiée. C'était trop facile et trop violent à la fois. Alors, elle était partie. Un jeune homme l'avait prise en stop sur le chemin tandis qu'il faisait demi-tour après avoir renoncé à se rendre au bal à cause de la pluie. Avant de la déposer chez elle, il l'avait invitée à boire un café le samedi suivant. Et deux ans plus tard, il avait demandé en mariage son auto-stoppeuse. Elle avait choisi d'épouser cet homme qui l'attendait maintenant dans leur chambre. Comme tous les soirs. Son mari... Mais la mémoire de cette danse la tenait encore éveillée les soirs d'orage. Tous les soirs d'orage de ces vingt ans passés.

Les souvenirs ravivés par la disparition de Gérald, elle se sentit brûler, par contraste avec l'eau qui s'échappait du ciel. Son corps était chaud comme les lampions du mois de juin de ses vingt ans, sa peau rougeoyante comme la braise du barbecue ce soir-là. Elle se rappelait le gras sur les lèvres de Gérald qu'elle n'avait pas osé embrasser, le ketchup sur sa jupe qu'elle n'avait vu que plus tard. Lui aussi s'était marié ensuite. Puis sa femme avait fini par disparaître, après trois enfants. Linda s'en voulait, comme si cela était de sa faute de ne pas avoir su l'embrasser, cet ours, son ours, qu'elle n'avait jamais touché mais dont elle détaillait les mains fortes à chaque sortie de chasse et qui souffrait peut-être qu'elle n'ait pas osé.

Terrifiée de ne pas voir Gérald rentrer, elle quitta la cuisine et rejoignit son mari dans leur chambre. Elle enleva son T-shirt en coton et il la dévora des yeux, surpris. Elle ne portait rien en dessous. Elle délaça sans attendre le fil qui retenait son pantalon et s'assit à califourchon sur lui. Il était allongé sous le drap, nu, et la considéra, stupéfait. Il n'avait plus l'habitude. On n'était pas mercredi soir. Mais les joues rouges de Linda, sans doute consumées par la journée en forêt, il les connaissait sur le bout des doigts. C'était la couleur d'une future jouissance, il n'avait qu'à la cueillir. De toute façon, c'était elle qui décidait, il le savait déjà, bien qu'il prétendît le contraire. C'était pour les apparences, le fonctionnement du couple en public. Le reste, c'était dans leur chambre à eux, il pouvait la laisser faire, elle ne dirait rien. Il fermerait les yeux pendant qu'elle serait sur lui, s'abîmant le bassin pour se faire jouir elle-même, le laissant peut-être sans orgasme. Mais il s'en fichait, ce qu'il voulait, ce n'étaient que son sourire à elle, ses yeux clos, ses cheveux qui ondulaient dans son dos, désorganisés, qu'il n'oserait même pas tirer alors qu'il en crevait d'envie. Elle l'embrassa à pleine bouche et il se sentit heureux. Elle tira le drap, puis attrapa son sexe déjà droit et s'empala dessus, et il se sentit heureux.

Elle pensait à Gérald et il ne le savait pas. Elle aimait profondément les deux, et c'était comme cela. Le confort et la promesse d'aventure, c'était ce qu'elle mettait en eux deux. Mais seule la seconde la faisait lâcher prise et jouir. Alors, elle continua ses mouvements, demanda à son mari de lui tenir les cuisses, de lui mordiller les seins pendant qu'elle se caressait en basculant ses hanches, le suppliant de s'enfoncer encore au plus profond d'elle, pensant malgré elle aux recoins de la forêt, à l'ombre et à l'humidité, à la moiteur du sol et à la lumière des lampions, et aux immenses bras de Gérald qui pourraient l'encercler s'il la prenait debout, simplement contre un arbre, cul nu sous les feuilles d'un chêne sculptural, sa robe tombée à ses pieds ou simplement relevée autour de sa taille.

Son mari jouit tout au fond d'elle à l'instant où elle se mit à crier et il vit dans son regard le plaisir infini d'un souvenir de jeunesse. Il imagina qu'elle revivait la première fois qu'ils avaient fait l'amour ensemble et il en fut content. Les branches des arbres battaient sur le toit de leur chambre. Il ne savait pas qu'une femme pouvait jouir tant d'autres fois et crut que c'était fini. Il arrêta tout, la prit dans ses bras pendant qu'elle tremblait encore. Et la bouche de Linda, la bouche de sa femme, se tordit, comme si c'était ce soir, sous le bruit de l'orage, qu'elle avait connu les sentiments les plus violents, comme si c'était maintenant qu'elle tombait amoureuse, vraiment amoureuse, de lui vingt ans après leur rencontre, dans la peur d'une disparition et la fatigue d'une partie de chasse mal terminée. Parfois, l'amour, on ne sait pas à quoi cela tient.

Elle s'appropria le drap, laissant son mari glacé après seulement quelques minutes d'effort physique. Il écouta l'eau qui descendait le long de la gouttière, se dit qu'il faudrait dégager les feuilles mortes dès demain. Linda posa la tête sur son torse, comme une adolescente après un rapport sexuel simple et rapide qu'on offre pour dire au revoir. Ses larmes lui montèrent aux yeux. Lui était à peine soulagé. Il la sentait fébrile, alors il se tut et lui donna quelques minutes avant qu'elle ne parle. Elle n'en fit rien, laissant planer une forme abrutie de silence tandis que continuaient à frapper sur le Velux des rideaux de pluie violentés par le vent. Elle s'apprêta à se lever pour boire un verre d'eau, mais renonça et essuya lâchement avec le drap son sexe trempé, traçant sous les yeux du mari une tache qui grandirait chaque année dans son imaginaire, définissant ses fantasmes pour les années qu'il vivrait par la suite.

Elle se souvint de la vue depuis son lit d'enfant sur la terrasse de la maison, des lapins que son papa disparu avait suspendus par les oreilles, alignés sur un cordon, le museau tombant, attendant dans le froid un dépeçage en règle. Un mirepoix de carottes et d'oignons nouveaux les accompagnerait et leur pelage produirait des pompons à bonnets. Sa mère gardait les pattes avant gauches pour fabriquer de doux porte-bonheurs qu'elle accrochait sur le cartable des enfants ou un attrape-rêve.

Linda se serra plus fort contre le drap. Elle tremblait.

— À quoi tu penses ? lui demanda son mari un peu plus tard, encore plus amoureux.

La tête sur son épaule, prête à la confidence, elle finit par l'ouvrir et déclara que rien de tout cela ne serait arrivé à Gérald si son mari l'avait laissée venir avec eux. Elle aurait pris soin du groupe et aurait empêché la perte de l'un des leurs.

À ces paroles, le mari heurta la table de nuit de son poing et lui adressa ces mots :

— Tu me casses les couilles, Linda.

Elle pleura en silence en prenant une douche qui la débarrassa de la sueur acide due à la marche en forêt et au cognement de son corps contre celui d'un autre qu'elle ne désirait plus. Son mari passa une partie de la nuit dans le bureau, devant son ordinateur, attendant d'obtenir l'assurance qu'elle dorme avant de la rejoindre dans le lit conjugal.

Elle faisait semblant de dormir. Toute la nuit, le téléphone de Linda vibra des SMS des autres chasseurs qui la tenaient au courant de l'avancée de la recherche de Gérald. Le sang pulsant toujours dans le creux de son sexe rouge et entrouvert, la mâchoire engourdie à cause de ses dents qu'elle gardait serrées, elle fixait l'écran et les noms qui défilaient, et puis, bientôt, ce fut le noir, le noir de l'écran de son téléphone, et Gérald qui n'appelait pas, qui était peut-être en train de mourir ou était blessé, frigorifié, elle ne savait pas. Mais pour elle, tout cela était bel et bien insoutenable.

***

La jeune biche était dans le même état que Linda. Elle déambulait autour de ses amies, parcourait les parterres sableux. La panique la faisait courir. Que le temps passe, que le nouveau jour approche. Éviter de croiser le regard du chien, son pire ennemi, ce soir. La célébration des cerfs avait pris fin. Il fallait s'en aller, suivre les racines des arbres qui guideraient sa route. Elle mangeait ce qu'elle pouvait mais les petits fruits tombaient le plus souvent au lever du soleil, quand se réchauffaient les tiges qui les retenaient. Il n'y en avait plus pour ce soir. L'orage avait fait tomber même ce qui n'avait pas mûri, risquant de provoquer des brûlures d'estomac.

Elle enjamba des racines et des branches tombées au sol, mais elle fatiguait plus vite qu'elle ne l'aurait pensé. Parfois, elle devait s'arrêter derrière un arbre pour laisser sa tension redescendre. La pluie avait nettoyé son pelage poussiéreux après une journée d'accalmie. Couchée dans la forêt, elle avait amassé des débris minéraux et végétaux. Elle sentit une tique incrustée dans ses poils, près de son épaule, qui aspirait quelques gouttes de son sang. L'insecte la démangeait. Cela s'ajouta à son éreintement. Pouvait-on la laisser tranquille ? Elle farfouilla parmi son pelage. La tique suçait sa peau, collée comme de la glu entre sa toison crottée. L'eau qui tombait transforma peu à peu des amas de terre séchée en boue qui goutta le long de son dos jusqu'au sol. Restaient sur ses mollets des agrégats de tourbe qui ne tombaient pas, trop concentrés pour être dilués par une pluie même aussi forte.

Surchargée par le poids de la saleté, la biche interrompit son tracé. Elle usa de ses dents pointues pour arracher la tique à son manteau, tenta de limer la bestiole et de s'en débarrasser d'un coup sec, se mordant presque elle-même. Rien n'y fit. Elle s'approcha d'un arbre dont le lichen mouillé se décrochait en pan entier, du bois sans doute bientôt mort, mais lumineux et rincé par la pluie. D'un mouvement de bassin, elle frotta son corps contre le tronc. Elle agita ses hanches de droite à gauche, puis de haut en bas pour se débarrasser du parasite qui, après plusieurs allers-retours, cogné contre le tronc, brûlé par les frictions, sauta de la biche, sans doute mort, écrasé par le poids de l'animal sur l'arbre et de sa conviction à améliorer ses conditions de vie. Une fois la tique détachée de son épiderme, la biche briqua l'une après l'autre ses jambes au bas du tronc. Elle parfit sa toilette en laissant se répandre la pluie sur sa robe, attendant au pied d'une souche de retrouver sa netteté originelle. Elle décida de repartir, désorientée de son orbite initiale mais plus légère. Elle marcha tête ballante afin d'évacuer la fièvre qui la parcourait après l'approche des cerfs. Ils étaient morts, mais l'effervescence au fond de son ventre ne redescendait pas.

Lentement, elle se détacha du groupe, les laissant arrêter la fête et s'endormir, certaine désormais que le massacre n'aurait pas lieu en masse. Les chasseurs n'étaient plus là mais elle ne savait pas rester en place. Elle avait besoin de vivre et de voir la forêt comme on peut avoir besoin de danser dans la nuit, de ne pas écouter les recommandations en vigueur, le bon sens, la sécurité primaire.

Sans faon auprès d'elle, elle alla s'aérer. Les mères étaient restées ensemble avec les petits, blottis contre les fourrures, respirant l'air chaud échappé de la gueule des biches. La biche, elle, cherchait d'autres amis, ou des cerfs qui lui tiendraient compagnie jusqu'au lendemain. Elle parcourut les sentiers balisés, remerciant en pensée le garde forestier d'avoir déblayé la route des mois durant tant il redoutait les risques inhérents au déplacement des sols pour des mammifères en danger. Rassérénée par les biches, par les faons qui faisaient leur travail, à savoir jouer et dormir, par le garde qui entretenait les prairies, même les plus éloignées, elle partit dans la nuit.

Alan avait toujours en tête de récupérer la vieille biche et de la faire euthanasier. Éviter qu'elle ne vienne cuver sa maladie et n'abîme un champ au passage constituait son autre mission du soir. Il préférait s'occuper de cela plutôt que de Gérald. Le chasseur était capable de se débrouiller tout seul, même la nuit. Il exultait peut-être même qu'on se passionnât pour lui ainsi. Alan avait entendu les femmes sur le parking, poussées par un instinct quasi maternel de protéger le chasseur perdu. Mais personne n'était là pour les arbres comme lui l'était. Il s'était attendu à ce qu'elles soient furieuses qu'il n'aille pas chercher Gérald. Ce ne fut pas le cas. Personne ne le croyait capable de réussir cela, personne n'avait placé cet espoir-là en lui. Les rabatteuses étaient comme cela, entières, et elles tremblaient pour le chasseur perdu. Alan croyait à la puissance du féminin sacré, qui identifiait si bien les catastrophes à venir. Les maris faisaient la gueule à les voir mettre autant d'ardeur à rester. Sous leurs vestes, la pluie commençait à atteindre les épidermes. Ils avaient froid et réalisèrent avec effroi que les deux lits de rivière qui se creusaient sur les fronts des femmes venaient d'une inquiétude à laquelle ils n'avaient pas droit.

* * *

La chute fracassante de la vieille Élisabeth au pied de la falaise sépara les deux cerfs amoureux. Ils s'enfuirent en hurlant. Leur désir s'épanouirait ailleurs. Gérald, dans un élan destructeur, shoota du pied dans le tronc de l'arbre qui l'abritait, révélant l'ampleur de l'humidité dans ses chaussures, de l'engourdissement de ses membres. La biche malade ne se releva pas. Elle avait laissé la graisse s'emparer de ses hanches depuis longtemps. Le chien la harcela, lui tira sur la patte arrière, abandonnant dans la boue les traces de son corps qui s'enfonçait au sol. Le chasseur, sans s'atermoyer, sortit de sa poche une dague et l'acheva en la lui plantant en plein cœur. Le chien ne lâchait pas la biche en train de mourir. Ses crocs se plantèrent au milieu du cou qui perdait déjà un peu de sa chaleur. Il la secoua, juste par habitude.

Olaf et Gérald l'abandonnèrent, pas passionnés par la chair trop coriace. La situation devenait critique et le chasseur venait à nouveau de voir disparaître la seule chose qui l'arrachait à la pesanteur de la nuit : la possibilité d'une prise honnête et juste. Il n'avait plus aucune raison de se tenir là, ni d'endurer l'orage. Ils devaient sortir d'ici. Au loin, plusieurs coups de fusil avaient retenti. Les derniers avant la vraie solitude ? Il comprit qu'il était trop loin pour entendre ne serait-ce qu'un moteur de voiture. L'écho des tirs venait en effet de toutes parts. Il s'imaginait au centre de la forêt, pris en embuscade par la végétation qui formait une barrière autour de lui. Il n'avait qu'à choisir une direction et avancer tout droit. Il tomberait bien sur une route, peu importait laquelle. À nouveau sans proie, il accéléra le pas comme pour s'enfuir.

Et elle, la jeune biche cendrée, tout près, sortit ses petits crocs, effrayée par l'homme et son chien qu'elle n'attendait pas ici. Le danger était là, c'était une certitude. Ils fonçaient droit sur elle. La salive coula entre ses dents sans qu'elle puisse la retenir. Elle trembla. Beauté de l'instant sous la lune, pas de meilleur soir pour mourir. Une biche sacrificielle, murmuraient les astres. Parfois, certaines fléchissent pour sauver le groupe. Cela régule les pulsions, empêche que l'espèce tout entière ne succombe. C'est la dure loi de la nature.

La note aiguë d'un petit-duc, stridente alarme, accompagna son départ, offrande à la forêt. Elle jeta un dernier regard dans la direction de ses sœurs. Son poitrail palpita aussi fort que ses talons dans la glaise. Elle devait avancer sans se faire voir ; c'était risqué. Chacun de ses pas devint précis et prudent. Elle évita des branches de justesse. Son cœur était comme fendu en deux par la hache d'un bûcheron canadien sur un tronçon d'arbre asséché par l'hiver. Elle s'était plantée. Elle avait mal, et c'était ainsi. La marche de la nature, la chasse et la survie. La biche et le chasseur.

* * *

Basile boudait depuis que sa mère avait sorti les entrailles de la caille, son premier butin de chasse, avant de les jeter à la poubelle puis de débiter la volaille en morceaux et la faire atterrir dans le grand bac, parmi les paquets de Mr. Freeze et les Magnum amande. Il était trop tard, ce soir, pour faire un vrai festin. À la place, ce fut cordon-bleu coquillettes. La faute au gros Gérald qui avait pris ses aises pendant la promenade, oubliant les consignes primaires de sécurité, avait rappelé son père. Basile, lui, admirait secrètement le chasseur qui possédait de loin les meilleurs fusils. Il aurait préféré apprendre à chasser avec lui. Son chien était vraiment stylé. Assis sur son lit, avant de s'endormir, le gosse imita avec ses deux mains des pistolets et fit mine de viser et tirer sur chacune des gouttes qui s'abattaient sur la vitre. La télé l'avait dit : une des plus grandes tempêtes depuis des décennies. Démarrée quelques heures en avance de ce qui avait été annoncé, sinon, personne ne serait sorti chasser. Ce n'était pas le meilleur jour pour se perdre, avait souligné son père en écoutant les informations.

Planqué sous sa couette, l'enfant s'en fichait. Il tourna les pages de *Bécasse passion*. Défilèrent sous ses yeux les « carabines à moins de mille euros les plus efficaces », celles recommandées par son père. Mais il rêvait d'autre chose. Le fuselage du fusil australien vainqueur du trophée annuel du magazine le tenait éveillé la nuit. Sa mère était ravie qu'il lise au lieu de tapoter sur son téléphone. Basile aimait bien l'ambiance chair de poule et se demandait, avec l'impatience d'un matin de Noël, ce qu'il adviendrait de Gérald. Au fond de lui il était certain qu'un événement exceptionnel était survenu grâce aux talents du chasseur.

Face au danger, les solidarités font ce qu'elles peuvent. Basile était cloisonné au chaud, pas fichu, comme les autres, d'insister pour qu'on affine les recherches. Au moins, être un enfant, c'était une bonne excuse.

CHAPITRE VIII

Gérald se cognait contre les arbres. Pour ne perdre aucun semblant d'énergie à élancer ses jambes au-dessus des feuilles et de la boue, il se mit à traîner des pieds. Il n'avait plus qu'à tenir, seulement tenir jusqu'à demain. Parts égales du jour et de la nuit en cette soirée très spéciale. Cela lui ôtait au moins l'impression de s'être fait avoir par le ciel. Le chien gambadait à côté de lui. Avec Olaf et son fusil, il n'arriverait rien de mal. Il nourrissait secrètement l'envie de tomber sur des cerfs à la fin de la nuit. Juste avant l'aube pour reprendre son butin, se venger du supplice. Il avait dépassé un abri de pierre au mur effondré dans lequel il avait un instant projeté de passer la nuit. C'était comme une cabane, une incursion dans l'un de ses rêves d'enfant. Il se souvint de ce qui le poussait à venir ici chaque dimanche : l'amour de la nature. Pur et entier. Gérald avait peur que les arbres disparaissent, abîmés par les agriculteurs, arrachés par les petites bouches des biches qui étêtaient les pousses, alors il s'était mis aussi à chasser le gibier. Pourtant, ces animaux, il les vénérait.

Pourquoi veut-on tuer ce que l'on dit aimer ?

Gérald aurait le temps de réfléchir au paradoxe sous la pluie. Mais la présence des serpents, connue de tous ici, l'avait dissuadé de se reposer contre le mur, de s'allonger dans les fougères pour attendre. Il tenta de détacher des mûres du massif de ronces qui encerclait le lieu. Les mains écorchées trop vite, il renonça. Il avait englouti depuis longtemps la barre de céréales emportée par précaution. Il tremblait.

Il entendit quelques éclairs, le vent qui sifflait et les grondements de son corps qui le terrassaient. Une fois passés la surprise et l'affront du départ des autres chasseurs sans lui, il évalua le danger à se retrouver seul. Il n'était pas inquiet, il avait déjà affronté bien pire. Le souvenir de chasses longues, de batailles sans fin lui donnait du courage pour la vie. Demain, cela deviendrait une plaisanterie, même s'il en garderait, il le savait, une rancœur à vie. Son équipe l'avait abandonné, le réduisant à l'enfant qu'il avait été quand il passait seul ses étés à chercher des trésors et à construire des cabanes dans les bois, à attendre que le jour passe, sans amis, assis à califourchon dans les arbres. Personne ne jouait avec lui au loup, alors il était devenu, à lui seul, et la prise et le loup.

Dépasser le mur de pierre lui avait donné une indication géographique précise. Il se trouvait à l'opposé de là où il pensait être. Il savait qu'il s'était déplacé en courbe et il devait maintenant choisir entre revenir en arrière ou continuer tout droit, dans le noir total. Comment se diriger ? Il cherchait des yeux la moindre étoile derrière un brouillard qui ne semblait jamais se dissiper. Gérald prit cela comme un défi supplémentaire, une façon de prouver sa force. Il tiendrait le coup.

Il se remit en route, s'arrêtant de temps en temps sous les arbres aux branches plus serrées pour calmer la morsure de la pluie sur le pauvre Olaf. Le chien n'avait pas envie d'abandonner son maître, mais il serait allé plus vite sans lui. À un moment, le chasseur imagina protéger son ami avec son imper, la capuche refermée sur ses deux oreilles. Cela n'aurait pas été son idée la plus idiote de la journée.

Autour d'eux s'agitait la forêt. La biche s'était cachée de l'autre côté du bâtiment de pierre. À fuir son destin, elle s'y confrontait encore plus vite. Dans ses rétines, elle perçut la pulsation des couleurs indiquant que le parking et les secours ne se trouvaient pas loin. Gérald ne le voyait pas encore. La biche comprenait ce qui se tramait autour de la forêt. La ligne d'hommes et de femmes qui cherchaient le chasseur se dressait comme un cordeau vivant. Elle pouvait jouer avec lui, se faire traquer à l'envi en le guidant jusque-là. Qu'il tombe sur les secours par une partie de cache-cache en bonne et due forme, elle allait le mener à la sortie. Non pas pour qu'il survive, mais pour qu'elle puisse s'en aller. Faire sortir la menace de son terrain de jeu à elle.

Elle s'échappa entre les hêtres, juste un peu plus loin. Le ventre plein mais bientôt vide à nouveau, elle le savait. C'était la dure réalité de la nuit. Il y avait urgence : que Gérald s'en aille, qu'elle ait une autre chance demain. Au sommet du plus proche épicéa dormait un couple d'écureuils, venu là les queues en panache pour échapper aux prédateurs. La biche identifia un passage sûr entre les arbres, un couloir au travers duquel elle pensait s'évader tout en se laissant apercevoir pour aiguiller le chasseur vers la sortie et survivre à l'embuscade.

La pluie réduisit d'intensité. Gérald perçut tout à coup des grognements d'animaux qu'il ne pouvait définir. Même pas peur. Il se concentra sur les sons pour passer le temps, essaya de les démêler pour y dénicher un bruit de foulée. À un moment, le ciel s'arrêta de couler. Portés par une bourrasque dans un coin du plafond, les nuages s'écartèrent les uns des autres, laissant apercevoir une pièce de puzzle bleu nuit. La lune rayonnait au travers, se reflétant dans l'air, aurait cru le chasseur. Dans l'air ? Impossible ! Dans l'eau, peut-être, une flaque. Quel était cet éclat fuselé et mobile qui attirait l'œil de son chien ?

C'est ici, à cent mètres des ruines de pierre, près d'un chêne auguste, qu'il la vit. Sa tête luisante éclairée par la lune derrière les branches presque nues. Au-dessus, deux yeux perçants, deux pièces de monnaie argentées, hallucinées. Un mètre au garrot, museau noir. Il n'y avait qu'elle pour s'aventurer dehors à un horaire si malade. Que voulait-elle, l'imprudente ? L'insolence de la biche ! pensa le chasseur. Elles étaient toutes ainsi, se moquant de la détresse de l'homme détrempé tandis que les loirs gris, déjà, hibernaient pour six mois avec leurs petits. Son effronterie lui donna du courage. Avant que le soleil ne soit levé, il aurait fait une victime.

Gérald pensa à ses amis tirant des animaux sans lui. Peut-être avaient-ils fait feu non pas pour signaler leur position, mais pour lui montrer combien ils devenaient meilleurs sans sa lourdeur. Avaient-ils abattu un faisan, un chevreuil ? Outrecuidance ultime : un cerf, ou même plusieurs ?

Cette fois, l'eau n'entra pas dans ses bottes. La biche ne devait surtout pas l'entendre. Il tenta de retenir un éternuement en contractant son psoas, effrayé par l'angoisse de perdre. La biche bougea d'un soupçon ; elle l'avait entendu, il en était persuadé. Pourquoi, alors, ne s'était-elle pas enfuie ? Bien sûr qu'elle le considérait d'un air amusé, qu'elle se moquait de lui ! Foutue femelle, satanée *animale*, qui se complaisait dans cette prise au piège, le regardait de haut ! Il s'apprêtait à lui trouver le corps. Elle l'avait bien cherché.

Le zodiaque semblait avoir aligné les constellations dans un ordre qui promettait le chaos. La forêt tressaillait sous l'influence de Pluton. Au bout de cent heures de combat, museau biche contre chasseur, qui vaincrait ?

Au passage de la biche, toute la forêt s'agita et propagea la peur à ses membres. L'écorce d'un arbre vieux de cent ans était rongée par les blessures des autres végétaux. Les moisissures l'avaient démoli au fil des ans. Pourquoi l'arbre ne s'était-il pas vengé quand le chasseur, lui, avait besoin de rendre tous les coups qu'il recevait d'une cartouche pleine de poudre ? Un marronnier frissonna de peur aux dernières manifestations du vent, émotion télégraphe qui se diffusa sur plusieurs kilomètres. Hakim, le petit hérisson, qui décampait de son nid pour éviter le déluge, la reçut en plein cœur. Il devait s'enfuir de la forêt en furie, et vite.

La biche n'avait plus d'autre choix que d'affronter la menace. Pour s'enfuir, bondir sur les mousses, il lui faudrait un appui, un élan. De loin, Olaf la fixait, menaçant. Il ne manquait pas grand-chose pour qu'il se jette contre son corps. Mais le chien, obéissant, laissa le pouvoir à son maître. Il attendit, dictant à Gérald que la chasse ne réussirait que de son fait seul. Le chasseur, méticuleux, prit son temps pour ne rien rater. Chaque geste était net, il devait se préserver de glisser sur le sol mouillé, se mouvoir clairement, viser, puis tirer.

Tout se déroula au ralenti. Entre deux buissons d'anémones planqués sous des pins sylvestres, une araignée-loup rebondit dans sa toile, transmit les ondes de la forêt, laissa vibrer une mouche enrobée de son fil, cocon de soie destructeur, ordre immuable des choses. La nature pulsait et gorgea la biche de courage.

***

Dans le jardin de Linda, ce furent les branches du jeune saule pleureur qui s'agitèrent. Elle le vit de la fenêtre pendant qu'elle terminait le ménage au milieu de la nuit car elle ne pouvait toujours pas dormir. L'ambiance de fin du monde s'ajouta à son angoisse pour Gérald. Lorsqu'un éclair de plus tomba vers la forêt, elle abandonna l'éponge sur la nappe maculée de miettes de pain et se précipita vers la salle de bains. C'était une hérésie à cause de la pluie, mais tant pis, quand elle le retrouverait, elle réconforterait Gérald de son sourire, le charmerait par sa bouche en cœur et sa coiffure, la même qu'il y a vingt ans. Elle ne pouvait l'accueillir sans rendre hommage à ce bal. C'était tout ce qu'elle pouvait lui offrir quand ils seraient enfin réunis. En quelques minutes, elle saisit pinces et épingles à cheveux, recréa un chignon de fortune monté comme un gâteau de mariage sur son visage téméraire, puis se maquilla les yeux au mascara waterproof. C'était trivial, mais c'était la moindre des choses, et Linda était efficace. Elle attrapa en vitesse les clés de sa voiture et son poudrier, jogging et sweat sur le dos, ignorant la logique. Elle allait rejoindre Gérald. Pour l'aimer ou mourir avec lui dans cette sublime tempête. Sans véhicule, son mari ne pourrait pas la suivre. C'était finalement si facile. Pourquoi avait-elle attendu pour le faire ?

Basile quitta sans bruit la maison familiale. Emmitouflé dans une parka noire, capuche sur la tête, il avait enfourché son vélo. Les heures passées à regarder des tutos sur YouTube consacrés à toutes sortes d'expériences survivalistes allaient enfin payer. Il était muni du nécessaire pour faire sauter les verrous les plus coriaces. Il se dirigea sous la pluie vers la maison de Gérald, cachée au fond d'une allée à sens unique, pas éclairée ce soir. En l'absence du chasseur, c'était l'occasion ou jamais d'admirer les armes auxquelles il n'avait pas le droit de toucher, de rêver un peu, lui qui était prisonnier des ordres d'un père malhabile, honteux des restrictions qui s'abattaient sur son fantasme de collectionneur. Une nuit dans un garage, tout contre des carabines. Les tempes de l'enfant battaient fort, au rythme de ses coups de pédale et de l'urgence de son méfait. Il avait emporté avec lui son téléphone et enclenché le chronomètre pour connaître son temps de trajet et rentrer avant que le réveil de ses parents ne sonne, ainsi qu'une lampe frontale piochée dans le coffre de la voiture. Rien d'autre.

    Non, rien d'autre. Les poches vides comme la tête.

* * *

La biche cligna des paupières l'une après l'autre par un réflexe inopportun, tics de son corps pour signifier la terreur. Pas d'accès au langage de l'homme, pas de temps, dans ses jours, pour autre chose que se protéger. Quand démarrait l'automne, la harde n'avait presque plus qu'une fonction automatique : fin des chaleurs, protection des faons, début des difficultés dans la recherche de la nourriture. Le quotidien. Elle était désormais rendue sur le chemin de la mort, fragile femelle à la merci des plus forts. Aurait-elle pu savoir ? Le chasseur ne tira pas encore car il ne voyait pas distinctement. Elle se demanda à quoi pensaient les autres biches, si elles tremblaient pour elle. Elle avait marché toute la journée, orienté le groupe, son corps au tempo des autres. Mais au lieu de prendre soin d'elle, un repos salutaire qui ne lui était permis que seule, loin des enfants, elle apprenait que savourer la forêt se payait cher face au danger qui perdurait, impuni.

Sous la nuit et le ciel éclairci, les étoiles apparurent et dévoilèrent un peu plus sa présence. Elle ne savait pas que, chez les hommes, on taxait d'écervelées celles qui affrontaient le péril. La biche vivait dans les impératifs. Survivre à aujourd'hui importait plus que son orgueil.

Jusqu'à ce que.

Sous les yeux d'Olaf, les poils de sa croupe se hérissèrent tout à coup. La peur la terrassa. Le destin les liait – c'était dans son regard à elle, comme si elle le suppliait de procéder. Gérald n'allait pas résister à la cribler de balles, et son intuition lui intimait d'abattre la biche maintenant. L'avantage de posséder une arme est que, si l'on ne tient pas face à la frustration, il n'y a plus personne pour protester. Bientôt, la biche serait morte.

Basile ouvrit la porte de la grange de Gérald plus facilement qu'il ne l'aurait cru. Et sous ses yeux s'étala toute la richesse du monde. Des outils, d'abord, rangés par fonction et par taille sur des établis géants. Tout ce qui demandait d'être un homme, construire, réparer, édifier et agrandir. Des valises entières de tournevis, des bocaux de pièces de ferraille dont il ne connaissait pas les noms, du poison pour les rats... Il soupçonna tout de suite Gérald d'en donner aux chatons du quartier pour éviter tout foisonnement félin. Il y avait aussi des moteurs de tracteurs et autres tondeuses à gazon, des bidons d'essence et des scies rangés méticuleusement, contrairement au vocabulaire qui affluait dans la bouche de l'enfant pour décrire ce fourbi dont il ne savait pas se servir. C'était sa première fugue.

Il décida de prendre en photo tout ce qu'il pouvait. Il réfléchirait plus tard aux conséquences de son acte. Il n'était pas entré ici par effraction mais parce qu'il était malin. Il pouvait sortir en douce à l'approche d'un intrus. Son vélo était caché au bon endroit pour s'enfuir rapidement et avec discrétion. Dans l'obscurité, on ne pouvait le reconnaître. Ce qui le terrifiait, surtout, c'était l'orage martelant les tuiles sur le toit de la grange, des tuiles qui donnaient l'impression qu'elles pouvaient s'effondrer à n'importe quel moment.

Personne ne savait qu'il se trouvait ici. La seule façon de le prouver au monde adolescent, c'était de réaliser une vidéo. Le réseau était mauvais. Ce qu'il lui importait de filmer, c'était le matériel de chasse. Basile dénicha une porte secrète tout au fond de la grange. Sur TikTok, il n'avait qu'une minute pour convaincre un fan de partager sa vidéo. Il savait qu'une image de fusil ferait immédiatement mouche. Il lui fallait un *gun*, un vrai. De la poudre sur les doigts, une crosse lisse, étincelante. Il avança tout au fond de la grange. Derrière le panneau de bois qui faisait office de porte de protection, il dénicha un trésor. Une trentaine d'armes s'alignaient sous son regard excité, rangées selon des critères qu'il lui tardait de déceler, des plus anciennes aux plus modernes, d'une valeur qu'il sut tout de suite élevée. Dans la maison, près de lui dormaient les fils de Gérald et la voisine, prévenue par un ami de la situation catastrophique. Basile imagina un drame encore plus grand, un meurtre collectif perpétré par lui gratuitement. Il avait senti ce que représentait le pouvoir d'ôter la vie en tuant la caille ce matin. Était-ce pareil de tuer un homme ? L'enfant frémit. Dommage qu'il n'ait pas le permis pour ensuite s'enfuir en voiture très loin. La prison ne le tentait pas tout de suite. En attendant, il pouvait toujours soulever le cœur des filles sur les réseaux sociaux. Il s'approcha plus près des fusils. Dans la grange, présage noir, un chat l'avait suivi sans qu'il s'en aperçoive.

Gérald se demanda trop longtemps si son genou ankylosé à cause de l'humidité allait l'entraver, lui faire manquer sa cible. Si des doigts gelés étaient plus lents à décocher le tir. Il ne compta pas lui laisser une chance. Les biches bénéficiaient déjà d'hivers plus doux avec le réchauffement climatique et elles complétaient leur alimentation en bouffant le colza du champ d'à côté, auquel lui n'avait pas droit. C'était injuste qu'elles se reposent et détruisent les cultures pendant que lui trimait. Cette poule avait déjà la vie bien facile en l'absence, désormais, des loups. Et elle était capable de s'enfuir à vitesse suprême ou de sauter en hauteur. Il pensa la lutte égale et se refusa à renoncer.

La biche, tendue par l'angoisse qui exultait dans son corps et les hésitations du chasseur, le regarda d'un seul œil, attendant qu'il se décide. Son corps ployait sous la menace et le froid, elle ne savait pas de quel côté s'enfuir. Les sourcils froncés du chasseur lui dirent qu'il ne capitulerait pas. Elle les connaissait maintenant, les chasseurs, avec leurs airs bonhommes qui cachaient la violence. Elle oscilla entre l'abandon et la fuite. Elle n'avait aucune chance. Pas une seule. Le chasseur affichait parfois une mine timide, puis sa concentration revenait à la charge. Ce n'était pas pour l'amadouer, elle n'avait pas d'illusions. Ces animaux-là n'aimaient qu'une chose : le pouvoir. Ils le démontraient à leur façon : en utilisant le feu. Elle resta immobile, espérant qu'il s'enrouille. Elle ne pouvait rien faire. S'enfuir lui vaudrait un tir dans le dos qu'elle ne pourrait esquiver.

Plutôt mourir de face, s'il fallait choisir.

Elle inspira, pleinement consciente de l'environnement qui l'entourait, des fûts d'arbres écorcés de tous bois, le sol rempli de vers et de punaises, les rapaces, les rats, le ciel... Tout conspirait dans la nuit. Elle appela à l'aide de chaque cellule de son corps. L'entendrait-on ? Seules quelques minuscules fourmis semblaient vivre autour d'elle, parsemées çà et là, au hasard. C'est alors qu'elle éprouva une vraie détresse. Elle balaya du regard le chien qui ne s'arrêtait pas de grogner, puis le chasseur. Même à l'approche de la mort, la nuit est belle quand on est vivante, prêcha-t-elle. Elle supplia les astres de lui permettre d'en voir demain une autre. Sans réponse, abandonnée par la harde, dans le silence le plus total, elle fut soudain submergée par la peur. Tout son corps se liquéfia. Et l'urine ruissela entre ses jambes sans qu'elle ne pût rien retenir. Chaude, humiliante, un torrent mortifère sur les rigoles de ses mollets tremblants. La pluie reprit, diluant le liquide, l'aida à cacher un peu de sa honte.

Gérald se fascina pour le trémolo du corps, manifestation physique de sa puissance d'homme sur la silhouette animale qui se détachait dans le noir. Marqué sur elle sans même l'avoir touchée ! Il exulta au fond de lui, passa ses dents de devant sur sa lèvre épaisse. Il observa longtemps l'union de la fragilité et de l'épouvante. Il ne vit plus la dignité dans les yeux de la biche, seulement la résignation.

Un jour sidéral avait passé depuis qu'il s'était levé hier pour se préparer à la session de chasse. À part l'exacerbation de sa pulsion, ce qu'il incarnait au fond de lui n'avait pas changé d'un pouce.

Sur le parking, Alan, le garde forestier, tentait de convaincre le maire d'adhérer à son projet de nouvelle clairière, mais il s'entendit asséner : « Ce n'est pas le moment ! » Pourtant, il ne se passait rien, alors pourquoi pas ? Les pompiers tournaient encore autour de la forêt, sans résultat. Alan avait perdu l'autorisation d'y pénétrer pour retrouver la biche malade. C'était son impératif à lui, mais les autres s'en moquaient. Si on l'avait prévenu plus tôt, dès la découverte de la disparition de Gérald, il aurait pu identifier le chemin à prendre en un clin d'œil. Mais trop de temps avait passé.

Il se demanda pourquoi on ne lui avait rien dit. Il faillit poser la question. Mais devant son insistance pour interpeller les secours, le dédain du maire et des autres, soudain, il comprit. Il comprit que rien de ce qu'il faisait ne suffirait pour sauver les biches. Qu'elles allaient mourir une par une, comme la maman de Bambi, sous l'indifférence et la cruauté des hommes. Disparaître comme sa mère à lui, qui s'était sauvée des poings de son père après qu'elle avait allumé la télévision et le magnétoscope, mis une cassette d'un dessin animé Disney pour l'occuper tandis qu'elle préparait ses valises et foutait le camp. Trop absorbé par ses pleurs à la mort de la maman de Bambi, Alan n'avait pas entendu la sienne partir et ne l'avait jamais revue. Sa mère avait simplement laissé une lettre pour expliquer sa fuite, demander son pardon. Il avait mis des années à le lui accorder, puis il avait compris. Depuis, Alan cherchait son ombre partout dans la forêt et sa grâce dans chacune des biches.

Les mères disparaissaient sous les coups des chasseurs et de la police, et lui n'avait accompli jusqu'ici que de maigres choses pour leur apaiser l'existence. Il voulait se montrer plus fort que cela. Sa mère méritait plus que ses petites réparations de clôtures. Il voulait hurler qu'il la comprenait dans sa détresse d'être une femme. Une force intérieure grandissait en lui depuis des années. Elle se heurtait parfois à une sorte de couvercle qu'il jetait sur son cœur comme pour se protéger du regard des autres. Cette force jaillit tout à coup et se déversa dans son ventre. C'était la puissance des planètes, ou seulement la trouille de mourir sans avoir rien créé de sa vie. Le barrage de police sous ses yeux lui rappelait le dogme de son père. Il était temps de le renverser. Que valaient les échelons et les grilles de salaires contre un cadavre d'animal qu'il risquait de retrouver demain ? Même le chien Olaf risquait sa peau dans la nuit. Il ne pouvait le tolérer.

Il prétexta une vérification à effectuer au plus près des enclos des ruches d'un propriétaire local en rapport avec la tempête, puis se rua sur son manteau, ses clés et sa lampe torche. Il devait faire trébucher Gérald. Peu importait comment. La biche malade ou les autres, les mamans de tous ces petits faons qui gambadaient sous la pluie, il pouvait empêcher leur mort, sauver l'une d'entre elles, rien qu'une, n'importe laquelle. Au moins une.

Il s'engouffra dans sa voiture avant qu'on ait pu le questionner et démarra. Il allait tenter de rejoindre le quart sud de la forêt. Gérald ne pouvait qu'être là-bas, parmi les ruines de pierre, les prairies, tout ce qu'il y avait de plus rassurant, de plus humain. Il le savait depuis le début, mais personne ne lui avait rien demandé. Alan allait sauver les biches, stopper un massacre annoncé. Sa main ne décollait pas du levier de vitesse, il n'avait plus besoin d'être convaincu. C'était cela, son pouvoir face au maire dédaigneux : il connaissait mieux que personne la forêt et ses cachettes, savait où la biche dormait et jusqu'où Gérald irait la traquer. Il passa la seconde et frotta la buée sur l'intérieur du pare-brise. Comment avait-il pu oublier ses facultés, lui, le fin connaisseur des sentiers sylvestres, et se terrer face aux ordres et contrordres de sa hiérarchie ? Le moment était venu de dénicher dans son savoir quotidien la clé du combat final, au cœur de la forêt. Lui contre le chasseur, Alan contre Gérald, un homme contre un autre homme, dans leur tempête, leur tourmente, dans leur nuit.

Sous cette impulsion amie, la harde des biches et des faons respira enfin. Les animaux n'avaient pas vu agir le garde, mais ils le sentaient jusque sous leur fourrure. Ainsi fonctionnent les communautés sincères. Connectés à Alan, leur idole, le seul qui tentait de les protéger pour soulager leur étrange exode, à ce clan des animaux condamné à l'errance, au joug du soleil ou des nuages noirs, au destin conduit par les chaleurs des femelles et les besoins des petits. Les deux cerfs amoureux dormaient aussi avec la harde, apaisés par l'espoir d'un Alan alarmé, attendant dans la nuit le retour de leur amie, la tendre biche cendrée. Aucune bagarre entre mâles ne persista ce soir. Le calme après la tempête. Les deux cerfs couvaient les mères, ils avaient peur avec elles, pour elles, et se demandaient tout bas combien de temps la trêve animale allait pouvoir durer.

La biche entendit les appels et les chants de ses compagnes, les remous venus des arbres qui lui prédisaient un improbable sauvetage. Mais face au fusil du chasseur, elle ne pouvait y croire. Que faisait-il à rester immobile alors que l'arme était chargée ? Pouvait-il avoir peur de la manquer ? Elle ne pouvait l'envisager. C'était le roi des chasseurs. Elle lut dans son regard une noirceur pure et aussitôt comprit. Il jubilait. Il profitait de sa puissance et de sa certitude de l'abattre. Elle vit des étincelles de lumière dans son unique œil ouvert, ses mains fermes placées précisément sur son arme. Même les fourmis ne la respectaient pas. Elles tournaient autour d'elle, montaient sur ses sabots, la gênant alors qu'elle devait rester immobile.

Il n'y avait qu'ainsi, armé, que le chasseur se sentait fort et en sécurité. C'était pour cela qu'il chassait. Pour le contrôle. D'étymologie ancienne, contrôler : vérifier des comptes. Évaluer la vie de la biche comme ce qui lui manquait ou ce qui lui était dû. La balle : moyen de rétablir l'équilibre de son vide intérieur. Il était prêt à tuer.

La biche vit son doigt se soulever et se décaler vers la détente. Elle ferma les yeux. L'instant était venu.

CHAPITRE IX

La tempête avait diminué mais les arbres semblaient pleurer de chacune de leurs feuilles. Les derniers habitants rentraient chez eux. On parlait d'arbres violemment déracinés, tombés sur la route. Peut-être un mort.

Alan, du milieu du parking démarra sa voiture et fonça d'un coup sur la ligne d'hommes en front de forêt. Il pria, la mâchoire serrée, pour qu'ils aient vraiment peur avant de s'écarter. Il voulait du spectacle et prouver au monde qu'il pouvait lui aussi se montrer puissant. Un grand chambardement, une démonstration de force. C'était son tour. Un éclair, à nouveau, scinda le ciel en plusieurs morceaux. Quand la voûte céleste s'éteignit, Alan se tenait de l'autre côté de la ligne, déjà flou dans la forêt. Tous les hommes s'étaient dispersés, l'ayant vu venir de loin. Aucun blessé. Ils laissèrent ce fou s'enfoncer entre les arbres. S'il recevait un blâme pour son action, cela ne serait pas plus mal pour eux.

En furie, Linda ne parvenait pas à conduire prudemment sur la route dangereuse. Les essuie-glaces balayaient le pare-brise d'un mouvement rapide. Elle en aurait voulu des miniatures pour ses yeux. Crispée sur le volant, à l'affût des directions sur un trajet qu'elle connaissait pourtant par cœur, elle n'avait pas même l'idée d'essuyer ses larmes, pas même la conscience de pleurer. Elle conduisait pour l'amour, elle filait pour la liberté, soulevée par les torrents d'eau qui avaient repris leur écoulement. Elle sentait les liquides jaillir, amoureuse comme jamais, empêchée depuis deux décennies par un devoir qu'on ne lui avait pas demandé, bonne élève qui se souvenait soudain du bonheur à sentir le vent fouetter ses joues dans les montagnes russes de la vie. Et c'était son destin qui l'attendait au bord de la forêt, une vie qu'elle pourrait reprendre avec l'idéal paternel qui en serait le modèle, elle portant le fusil du chasseur Gérald comme une preuve de fidélité, dépeçant le petit gibier et sentant enfin de la joie à aimer un homme, à l'admirer surtout, admirer sa puissance incarnée par le nombre de balles tirées et atteignant leur cible. Les cadavres contribueraient à la constitution du tapis devant leur cheminée, sur lequel ils feraient l'amour sans répit.

Au dernier carrefour, elle se recoiffa dans le rétroviseur, gonfla sa couronne laquée jusqu'au plafond, pressée de retrouver Gérald. Elle conduisait, haletante et échevelée, vers son avenir. Illuminée par la lune, transpirante mais enfin en accord avec elle-même, Linda prenait la route, la tangente, celle qu'elle aurait dû suivre il y a longtemps, maligne Linda qui allait transgresser, vivre et accomplir, et qui roulait sans honte vers l'aventure, vers la fortune, vers son véritable amour. Gérald... Elle pensait à ses bras, ses bras énormes qui la protégeraient de tout, à tout ce temps qu'elle avait perdu à n'être pas entourée de lui. Elle se demandait s'il n'était pas trop tard pour recommencer sa vie, sans voir que sa vie était pourtant la même, et sans voir Hakim, le petit hérisson, qui attendait au bord de la route son droit à la franchir, ébloui par ses pleins phares, et qu'elle manqua de renverser lorsqu'elle appuya d'un coup sur l'accélérateur une fois arrivée sur la dernière ligne droite.

Une étoile filante traversa le ciel, nonobstant la Voie lactée qu'elle trancha pour finir en flammèche. Sud-ouest, en cette nuit de septembre, la lune n'éclairait finalement plus rien, paresse des astres. Il n'y aurait pas de lumière sur la scène qui s'installait, la biche à l'arrêt, le chasseur à l'affût. Retour au tableau originel, celui de la traque ; on attendait que la cartouche fuse. Jeu des regards. Évidence des actions qui allaient suivre, la poudre et le sang sur le point de maculer la biche, la détente du fusil pressée dans l'intervalle. Silence. Une respiration souleva le ventre velu de l'animal en détresse. Silence foudroyant. À l'endroit où le chasseur se trouvait, les feuilles mortes s'enfonçaient dans la terre humide. Silence, encore.

Le chasseur savait quand avancer, reculer, ne pas bouger. Si c'était le bon moment, l'apogée de la quête. S'il y avait lieu de finir de viser ou d'y aller à l'instinct pur. Il n'avait jamais fait ça de nuit. Les règles le lui interdisaient. Il savait qu'il devenait hors la loi en choisissant de rester sur le domaine et d'ignorer ses amis qui le cherchaient, téléphone foutu et gilet fluorescent enlevé, en contradiction avec ce qu'il avait juré de respecter. Tard pour y penser. On douterait sur le fait qu'il n'y avait pas songé, on dirait plutôt qu'il avait choisi. Quand on met sa réputation de chasseur en jeu, le trophée doit être parfait. Cette biche ferait-elle l'affaire ? Nul risque de se tromper avec un cerf aux bois géants, mais elle, pourquoi ? Était-ce plus facile ? Il userait du prétexte de la grâce pour justifier son acte.

Ce n'était que pour cela qu'il avait hésité, que la balle n'était pas encore partie : la proie n'était pas assez magistrale. Pourtant, la biche était magnifique.

Silence. Et maudits soient les penseurs en cet instant fragile. C'était à la déesse Artémis, agile, vive, qu'il se vouerait, par estime, oubliant l'administration locale et le tribunal correctionnel. Honneur, ambition, maladie d'amour pour le bouillon de sang et les yeux morts roulant dans les orbites d'un gibier blessé au fusil. Bordel ! Gérald bandait en pensant à son crime.

Retour à la réalité de leurs deux corps dressés sous la pluie dont les murmures se frôlaient mais s'éviteraient coûte que coûte. L'irrécusable donnait raison au chasseur : l'adrénaline est le sel de tout. Aliéné par sa propre puissance, il parvint à déplacer son doigt sur l'arme sans que l'animal le remarquât, pensa-t-il.

Biche, que ressens-tu, ainsi prête à terminer en lambeaux dans la forêt empêchée de dormir ?

Tu pourrais au moins baisser la tête. Et honorer la force humaine devant toi. T'abandonner au torrent des possibles apporté par l'homme et sa technique.

Quelle avance donner à l'animal s'il se mettait à courir ? Gérald effectua le calcul, avec en constante la vitesse de sa balle. Il savait qu'il avait bien fait d'emporter en cachette sa lunette spéciale pour tirer de nuit. Mais : silence.

Une goutte de pluie parmi les gouttes de pluie tomba en plein dans l'œil du chasseur et nous fit patienter encore. Resplendit dans celui de la biche une lueur d'espoir. Babines retroussées sur ses gencives, elle sentit, si cela était possible, ses jambes se tétaniser davantage malgré le besoin de s'enfuir. Une crampe s'empara du mollet arrière gauche. Ne pas réagir alors qu'il faudrait attaquer. Kamikaze sylvestre ou prudent animal, elle ne fit rien. Rien du tout à part souffrir. Au milieu du froid, le rythme cardiaque de la femelle élaphe s'abaissa, économisant l'énergie corporelle. Hors de la scène, une autre étoile passa. Personne ne l'admira, personne n'émit de vœu. La pluie tombait encore. La nuit avançait. Et le chasseur se remit en place, lui qui avait bougé subrepticement, erreur peut-être, nous le verrons plus tard. Ne pas oublier cette légère déviation du destin, cette modification de l'histoire. Peccadille pour nous, mais pas pour le chasseur. La lune remontait. Encore et encore, plus vite qu'elle n'aurait dû. Il aurait été sain de se demander ce qu'il se passait ce soir. C'était étrange comme le temps courait. Œuvre des Parques, peut-être, ou du karma de Gérald. Il était plus de 4 heures du matin et Olaf avait faim. Les animaux étaient planqués dans leurs terriers. Hakim, le hérisson, avait fait demi-tour pour retourner dans la forêt. La route à traverser représentait un risque bien trop grand. Même en danger en raison de la pluie, il était chez lui auprès des arbres.

La biche avait vu tant de congénères se faire embraser par les flammes, des amies ne pas revenir et quitter la conscience pour finir en fumets. Dans un dernier geste avant de mourir, elle voulut regarder en arrière vers sa harde, mais elle ne pouvait bouger le crâne d'un seul millimètre, sans quoi le chasseur en profiterait pour tirer. Son corps lui ordonna d'aider les faons à fuir le chasseur plus profondément dans la forêt, mais elle se maintint en place car sa mise en garde pouvait les dénoncer à Gérald. Il la tenait en joue, elle le savait. Il s'imaginait franc-tireur, elle le sentait. D'œil à œil se jouait la suite de leur histoire. Il la croyait son égale, elle était assujettie.

***

Basile détailla les fusils suspendus et aussi bien traités que les trophées de chasse. Lustrés comme il ne pensait pas qu'il était possible de le faire. Il les parcourut du regard et en choisit un pour son plus gros canon, le décrocha et s'amusa tour à tour à faire semblant de viser plusieurs points dans la grange et à émettre des bruits de bouche pour mimer les balles tirées. Il savait qu'il y avait des principes de sécurité à respecter, des risques de blessures aussi. Basile n'était pas stupide. Il jouait avec les cartouches rien que parce qu'il aimait leur son lorsqu'elles s'entrechoquaient. Il respectait les armes de Gérald. Il voulait juste les soulever, se sentir chasseur comme lui quelques instants, imaginer qu'il pourrait devenir aussi doué. Que s'il se perdait en forêt, on dépêcherait des dizaines de personnes pour le retrouver. Il croyait que pour lui, seule serait venue sa mère, son père à la rigueur. Qu'on l'aurait peut-être abandonné dans la nuit par peur de s'aventurer dans les bois sous la tempête. Il voulait apprendre à manier un vrai fusil pour savoir, comme Gérald, se défendre s'il était pris au piège. Il était ébahi.

Mais sur le tableau, un fusil manquait. C'était celui que le chasseur avait emporté le matin même. Basile, stupéfait, s'aperçut que les attaches et l'étiquetage étaient exactement les mêmes que ceux de l'arme de l'emplacement du dessus. Gérald aimait tellement ce modèle qu'il l'avait acheté en deux exemplaires. L'enfant détailla les finitions de luxe de l'arme calibre 12. Un cerf aux bois géants dressé au milieu des arbres et protégeant des biches était finement gravé dans la crosse. Elle luisait dans l'obscurité ; elle avait été polie et cirée récemment. Basile pensa au slogan de la marque qu'il avait vu en boucle sur les *pop-ups* l'après-midi-même en composant sa *wishlist* d'anniversaire. « Une arme qui fera de vous un grand tireur. » Il y croyait dur comme fer.

Dans la grange, le chat noir le regardait sans bouger, juge et oracle de la fortune de l'enfant.

***

Le contact du bois de noyer du Beretta Black Sporting contre ses mains rassurait Gérald. Chaud et ferme, un prolongement de ses doigts palpitants. Les heures qui passaient n'amenuisaient pas sa rage. Au contraire. Tuer la biche était son accomplissement. Le faire avec son et fureur laisserait une signature à jamais.

Il chassa d'un revers de la main un papillon de nuit, fin d'été, qui venait de se poser sur lui, le doigt à nouveau sur la détente. Savoir qu'il porterait le cadavre de la biche supposément sans effort le grisait. Il savoura chaque seconde, campé dans ses atours bien choisis. Il la regarda encore, la devina agile. Tuer cette biche était finalement séduisant. Il aurait dû tenter le coup plus tôt. Il se sentit devenir en un rien de temps spécialiste de la biche, comme si la légèreté de l'animal rendait son art plus subtil, sa réussite valeureuse. Olaf, habitué à l'attente, écumait d'une rage sourde, évitait de regarder dans les yeux sa victime. Le chien, du ras du sol, ne vit pas que Gérald n'hésiterait pas à tirer en risquant de le toucher s'il venait à prendre peur de manquer sa proie.

La biche fixa le canon de l'arme bien en face, comme elle l'avait désiré. Elle ne doutait pas que le choix des balles avait été réalisé avec précision et que ce qui devait faire tomber un cerf aurait raison d'elle avec encore plus de douleur et de fracas. Les fourmis chatouillaient ses flancs. La torture mentale la figeait sur place, immobilisée par son propre corps qui la protégeait à peine du centième des conséquences possibles, sans même envisager qu'il existât cette forme de violence qui pouvait s'abattre, à n'importe quel moment, tant le monde l'espérait, tant le chemin de la balle était tracé, d'abord dans le poignet du chasseur, puis dans le canon du fusil, et enfin dans son poitrail à elle, dans son corps, ses intestins ou encore sa vessie. Dans sa chair et dans son histoire.

Auprès des faons, les biches savaient que l'une d'entre elles était perdue, mais qu'y pouvaient-elles ? Elles attendraient demain une nouvelle lumière, de nouvelles bogues à dévorer. Elles la pleureraient comme les autres ou se rendraient jusque chez Alan, le gardien de la forêt, pour lui demander de l'aide s'il voulait bien la leur accorder. L'une d'entre elles prendrait la place de la jeune biche ; la nature n'aime pas le vide.

Il était près de 5 heures du matin quand un hélicoptère passa au-dessus de la forêt pour évaluer les dégâts et repérer le chasseur disparu. Pas de départ de flammes depuis les éclairs cette nuit, le danger était faible au vu du niveau des précipitations. On s'affolait pour l'homme. Pas de mouvement détecté aux jumelles infrarouges, il n'était pas encore localisé, mais cela prenait toujours du temps. L'orage s'éloignait doucement. Au petit jour, tout prendrait forme et le chasseur retrouverait son chemin. Il était armé, accompagné. À part vivre un sale moment, qu'avait-il pu lui arriver ? Gérald aimait de toute façon chasser seul. Individu libre, avec pour unique valet son chien.

Un pic-vert s'approcha d'un tronc d'arbre, prêt à martyriser l'écorce comme un marteau-piqueur. Miracle de l'évolution, il évita à chaque impact, grâce au positionnement de sa colonne vertébrale, le traumatisme crânien qui pourrait le tuer. Mystère est là de ne pas savoir pourquoi la biche n'en faisait pas de même : se protéger du prédateur qui la traque par un moyen mécanique impardonnable pour son agresseur. Chez elle, ce sont les jambes qui feraient flèche. Oui, mais voilà, face au fusil de Gérald, l'impuissance s'érigea en maîtresse.

Elle était résignée, comme si, depuis la naissance, on l'avait préparée à la mort. Elle aurait voulu s'enfuir mais ne le pouvait pas, sidérée. Seul Alan pouvait encore la sauver. Mais que faisait-il ?

Elle se gara un peu plus loin que le parking d'entrée pour qu'on ne la repère pas. Linda aussi connaissait bien la forêt. C'était leur erreur à tous de la sous-estimer. Elle baissa la tête pour sortir de la voiture, s'accrocha tout de même les cheveux, se dégagea, claqua la porte d'une impatience qui la traversait de toutes parts, et courut. Courut en direction de là où elle-même aurait passé la nuit. Près du vieux mur de pierre. Si le cœur de Gérald était bien relié au sien, c'était là-bas qu'elle le trouverait.

Olaf tournait autour du chasseur comme pour le maintenir debout. Concentré sur la chasse, il n'avait pas conscience d'être tout près de la route. Il s'approcha de la bordure des arbres, prêt à prendre de l'élan pour rabattre à lui seul la biche si elle venait à s'enfuir. C'était le plus rapide des chiens.

Basile, de son côté, redémarra en trombe sur son vélo depuis la grange de Gérald, avant que le jour ne se lève. Demain, un gros rhume le rendrait malade, mais son téléphone plein de photographies d'armes à feu lui conférerait parmi ses camarades une victoire sociale certaine. Sur les images n'apparaîtraient pas le cadavre du chat qu'il avait laissé derrière lui, à peine planqué sous un sac de jute trouvé à l'emporte-pièce dans la grange, ni l'arme brûlante empruntée au chasseur pour s'entraîner dans la nuit, qu'il avait reposée sur le mur de la grange comme si rien n'était advenu pour masquer sa bêtise.

Alan, au volant de sa voiture, envoya mentalement des élans positifs à toutes les biches de toutes les hardes de toute sa forêt, le temps qu'il arrive, qu'il vienne à leur rescousse. Il était bientôt l'heure d'une nouvelle journée, une nouvelle chance pour elles. Il fallait qu'elles tiennent bon jusqu'au printemps d'après. Voilà à quoi il pensait lorsqu'un beagle détrempé, aux yeux presque jaunes, dévala un sentier et s'interposa au milieu de la route qui traversait la forêt. Alan écrasa de toutes ses forces la pédale de frein, sans penser à faire dévier sa trajectoire sur l'un des deux côtés de la chaussée ornée de goudron.

Olaf courut hors d'atteinte des roues d'Alan et lui aboya à la figure. Lorsque le jeune garde arrêta enfin la voiture, il expira sur trente secondes, comme sa mère le lui avait appris en cas de stress aigu. Gérald n'était pas loin, semblait indiquer la forêt.

Linda, qui arrivait en même temps, vit le chien sortir puis revenir dans le bois. Elle comprit la mécanique d'encerclement qui signifiait la présence d'un gibier. Gérald était sain et sauf ! Elle s'imagina un festin avec son nouvel amoureux, se demanda s'il lui faudrait d'abord divorcer. Le bruit des branches interrompit ses pensées. Elle se souvint avoir emporté sa carabine et se dit qu'elle pourrait surprendre Gérald, l'impressionner. Elle l'attrapa dans son coffre puis très vite enjamba le fossé, monta sur la butte, traversa la première rangée d'arbres. Elle se mouvait au milieu des troncs, cheveux en l'air, avançant sur la pointe des pieds.

Parmi les ombres chinoises et les mouvements des arbres, il ne pouvait y avoir que des biches, devina Gérald. Seule vivait encore la forêt, écrasée par la pluie. Tous les autres l'avaient abandonné, il était cerné d'animaux. Il tenait en joue la biche depuis le milieu de la nuit, se préparant à tirer, se remémora enfin qu'il y avait d'autres trophées. Et puis il vit les gouttes sous le ventre, sentit l'odeur de l'urine de la biche en pleines chaleurs, cette odeur âcre qui attire les cerfs. Il entendit des bruits derrière lui, comme un animal qui s'approchait. La biche avait-elle servi d'appât aux mâles en se pissant dessus ? Il sentit qu'un cerf arrivait au milieu des arbres.

Et Gérald saisit ce moment pour faire mentir tous ceux qui le trouvaient lent. Sûr de lui, en un seul geste puissant, il se retourna, le fusil armé, et sans s'arrêter pour viser tira entre les bois crénelés qui s'agitaient devant lui. En une fraction de seconde, la biche utilisa l'occasion pour s'esquiver, tenta de bondir de côté. Mais la forêt avait conspiré. Les galeries souterraines créées par les fourmis, les vers de terre et tous les jardiniers des sous-bois s'ouvrirent en grand et le sol se rompit. Elle dérapa sur trente mètres en direction du chasseur, empêchée de battre en retraite, oubliée, le crut-elle, non seulement par Alan, mais aussi par la forêt tout entière. Les hérissons se mirent à striduler autour d'elle, en résonnance avec son myocarde qui palpitait comme jamais. Soudain, elle comprit. Rangées en bataille, les fourmis constituaient sur le sol une large ligne de combat. Elles avaient fui leur fourmilière, sillonnée exprès pour détruire le champ de bataille entre Gérald et la biche, comme si l'histoire de la mise à mort était connue d'avance. Mais c'était la biche qui était tombée et non le chasseur, dans le hasard de la pluie, les jarrets écroulés sur l'arène. Le combat était perdu. Elle se trouvait là, prête à mourir, étalée grossièrement sur la litière végétale, aux pieds de Gérald qui venait de tirer et de se retourner vers elle en rechargeant son fusil aussitôt, plus agile que jamais. Les nez collés l'un contre l'autre, ils se regardaient pour la première fois dans les yeux, à quelques centimètres. Un recul trop puissant du fusil pourrait les blesser tous les deux.

Entre les arbres, c'était Linda, cheveux dressés en une coiffe improbable, mèches au vent sculptées comme de jeunes bois de cerf. Le chasseur l'avait visée sans le savoir. Les cerfs étaient absents, mais le corps effilé de cette femme qui projetait des motifs étranges et le mouvement trop vif de Gérald avaient trompé ce dernier. La balle la manqua de si peu.

À cinquante mètres, Alan n'eut pas le temps de regarder sa montre pour vérifier l'heure du sauvetage, qu'un événement le cloua au sol : la cartouche tirée par Gérald et qui avait frôlé Linda de près percuta le torse du jeune garde et le pénétra.

Dressé à achever les victimes sans les distinguer, Olaf se jeta sur lui. Le corps s'était effondré en poupée de chiffon. Le sang jaillissait en flots le long de sa chemise imprégnée pour toujours. Mais il était seulement blessé.

Trop vite, Linda le lâcha du regard, terrifiée par la présence de la biche qui s'apprêtait à battre du sabot le chasseur, et se précipita sur Gérald pour l'aider. Le chasseur avait manqué sa cible, oubliant que la pluie et l'absence de sommeil pouvaient avoir raison de lui qui se pensait surhumain. Il vacilla à son tour, inconscient d'avoir tiré sur un homme, percuté par la biche. Il réalisa tout juste que Linda était présente, mais il ne pouvait laisser partir la biche écrasée au sol. Il redressa son fusil sur elle.

– Nonnnn ! hurla Alan qui, malgré sa blessure, fit immédiatement rouler son corps sur le sol pour se rapprocher de la biche et l'aider, manquant de dégringoler le long de la pente.

Il était prêt à tout pour la sauver. Fidèle, Olaf plaqua le garde forestier au sol de ses deux pattes avant et l'empêcha de se relever. Alan pleura de douleur. Gérald vit alternativement son pied décoller de la boue, sa main se propulser vers sa trompette de chasse et la gueule de la biche buter sur lui. Linda réalisait à peine qu'elle avait failli mourir. Devant elle, il y avait l'homme de ses rêves menacé par la lourde biche affolée. Elle arma son fusil et visa l'animal.

Une amanite à peine sortie de terre rentra son chapeau et prévint par ses racines les arbres tout autour. La guerre avait commencé. Les mucus et les feuilles bruissèrent et relayèrent les informations. Les invasions silencieuses avaient-elles poussé le chasseur à bout ? Gérald était interdit. La chasse en corps à corps n'avait pas de secret pour lui. Jamais, avant ce matin, il n'avait raté sa cible. Il injuria la vitesse de rotation de la Terre sans voir que, peut-être, il était arrivé au bout de ses capacités. Il remercia le ciel de ne pas avoir tué Linda, et son chien qui tenait ferme le garde abattu, qu'il ne voyait pas encore. Gérald regarda enfin la biche droit dans les yeux.

Elle baissa les siens, puante et fatiguée. Elle ne parvenait plus à se lever. Le chasseur, à l'odeur qu'elle dégageait face à son impuissance, sourit d'un rictus mécanique.

Dans la terre s'égouttaient les organes d'Alan, nourrissant la rancœur de la forêt à l'adresse des hommes. Maintenant, les chemins et les feuilles luisaient, promesse d'un renouveau porté tout entier par la forêt qui, à la fin, seule, décidait.

CHAPITRE X

Un geai déplumé passa dans le ciel, jasant à pleins poumons, et atterrit sur le tas des fourmis. La biche se souvint des siens, poussa un cri adelphe. Elle se redressa sur ses pattes arrière, survoltée, encouragée par la foule des animaux qui l'entouraient et scandaient leur enthousiasme miniature. Elle pouvait tout réussir. Un sursaut de colère s'empara d'elle au sourire de Gérald qui se moquait de sa détresse. Ses tempes battaient la chamade. C'étaient maintenant deux fusils qui pointaient vers elle, Linda derrière Gérald. Il n'y avait plus qu'une chose à faire... Tout se déroula en une poignée de secondes.

Le soleil venait de traverser l'équateur en près de trente-trois heures. Peut-être était-ce le nombre du Christ, ou celui des sorcières. Ou était-ce un hasard ? Mais à la conjecture changeante des astres sans doute devions-nous le renversement du paradigme. Météo problématique et chavirement du ciel, était-ce cela qui allait permettre la révolte de la biche ? Nul ne le sait. Mais elle eut lieu. Et c'est cela qu'il faut décrire.

Gérald resta inébranlable alors que gisait sur le sol un quasi-cadavre et que s'agitait près de lui une femme en émoi. Le chant des crapauds en bordure des forêts souleva encore la biche. Elle trouva en elle un sursaut d'énergie et résista. Contrer le fatum, n'est-ce pas cela qui réunit les hommes ? À son tour d'agir. Il lui suffirait de conjurer la providence et de ne croire qu'en elle-même. La biche venait d'apprendre du chasseur les gestes qu'il fallait pour tuer.

Gérald vit Linda approcher, certain qu'elle allait lui ravir sa proie, avec ses ambitions. Elle devait déguerpir ! Avant de tirer, il hurla « Dégage ! » à une Linda interdite.

Alors, la biche se jeta sur le chasseur et le mordit.

La commissure de ses lèvres éclata, ses joues se déchirèrent. Le sang ruissela autour de leurs bouches. Elle le déchiqueta en premier lieu. Sa peau à elle brûlait. Elle vivait l'insatisfaction éternelle de se retrouver aux abois, terre dans laquelle la douleur physique et la peur l'avaient terrassée tant de fois, engendrant un rythme quotidien délétère au milieu d'un univers que l'on oubliait sphérique. Dès lors que son cœur se mit à gonfler et à trop pulser, outrepassant le flux habituel, ses vaisseaux se dilatèrent. La biche réalisa que les libations des chasseurs, orchestrées sur le manteau de neige, bûcher central, n'auraient de cesse chaque année. Menace bien intégrée. Tant d'êtres y étaient passés avant elle, hospice encadré de conifères. Mais cela n'était pas une raison. Elle n'avait plus moyen de faire demi-tour.

Le premier coup fut porté, surprenant Gérald. Olaf, ahuri à son tour, fut contraint de choisir entre l'humain et l'animal. Mécanisme inéluctable, biologie qui sous-tend le fonctionnement des corps ?

Enfin, la biche résista à la peur. Et elle mordit encore. Arracha. Se battit, poussée par le remous des racines sous ses pieds, qui touchaient directement sa peau, ses poils, ses sabots, mises en évidence par le travail des fourmis. Linda, les bras toujours pointés vers la biche, était sous le choc. Elle allait se jeter sur la biche pour sauver le chasseur dont l'arme, tombée au sol, n'était plus d'aucun secours. Le geai se mit à chanter, lui rappelant la musique de son enfance au Canada, puis se posa dans ses cheveux emmêlés et l'aveugla de ses ailes. Elle chancela, déchirée par deux amours adversaires.

La biche, sous la pression du fusil de Linda, savait que tout était écrit. Elle allait mourir. Alors, il ne lui restait qu'à terminer son travail. Ses dents arrachèrent la chair du cou, puis l'œsophage de Gérald. Linda s'approcha en courant et prit dans le ventre un coup de sabot arrière de la biche cabrée. Olaf tenta de bondir sur la biche pour sauver son maître, mais Alan, dans un dernier élan de vie, le retint entre ses bras et serra le chien tant qu'il put, de ses ultimes forces.

Linda resta assise sur le sol, secouée, révulsée par le changement de l'ordre du monde qui lui apprenait que, désormais, une biche pourrait mordre un homme. Jamais de sa vie elle n'aurait pu imaginer une chose pareille. Mais en quoi avait-elle cru ? semblait lui dire le petit hérisson qui la regardait de loin. Que les biches allaient subir la traque et les coups de fusil sans jamais résister ? Les planètes l'ont dit, le temps est à la révolte. La biche déchiquetait son homme et elle-même était frappée par la forêt sans pouvoir réagir. Péril égale réaction, égale nouvelle matrice dans laquelle la biche évoluerait désormais. Ici était irrespirable, mais la biche n'avait jamais eu le temps de s'en rendre compte. Et c'était cela qu'elle partageait à Linda, au retentissement de ses dents sur la peau et l'ossature du chasseur.

La rabatteuse tenta encore de protéger Gérald et ajusta son viseur. Mais, les deux visages mélangés, Linda ne sut tirer sur l'animal car elle risquait de tuer le chasseur. Si seulement elle avait pu continuer à s'entraîner au tir, si seulement elle avait fait face au regard des hommes... Mais il était bien trop tard. Elle en mourrait de honte.

Olaf essayait toujours d'immobiliser Alan qui, d'une main ferme, lui tenait la gueule pour l'empêcher de l'ouvrir. L'un et l'autre se bagarraient à mort sans même le savoir. Olaf avait un ascendant sur le garde forestier qui jamais n'aurait tué un animal. Au lieu d'honorer cela, le chien utilisa, dans un ultime élan d'égoïsme, la faiblesse du jeune homme. Il planta ses crocs dans son menton pour le surprendre.

Dans l'hippocampe de la biche avait résonné la chimie animale, déclenchant un effet domino dans ses muscles. Petite, petit daim. Elle s'acharna encore sur le chasseur sans pouvoir s'arrêter, dans la violence d'un mouvement que l'on n'attendait plus, qu'elle n'avait jamais osé imaginer, même en cauchemar, mais qui avait le droit d'être. La révolte n'avait pu arriver par hasard. Ceux qui avaient voulu maîtriser la forêt mystérieuse, et jusqu'aux sorcières cachées au fond du bois, avaient traqué, poursuivi, malmené la biche. Tous les ennemis de la forêt étaient à terre : Gérald, sanguinolent ; Linda, en larmes, agrippée à son fusil qu'elle ne savait plus déclencher ; Olaf, occupé à mordre le seul innocent pour répondre aux ordres de son maître. L'odeur de musc de la biche se mêlait à celles du sang et de la boue accrochée à son pelage laineux d'automne roulé dans le fumier tandis qu'elle avait seulement cherché à manger, à passer la journée. Elle qui n'aimait que les levers de soleil à grelotter sous les feuilles, à se coucher dans les décombres de la forêt, des rats à ses pieds, se retrouvait à la place du chasseur. Sa douleur et sa peur avaient franchi les limites de l'insupportable. Elle ripostait. Où s'était situé le point de bascule ?

Peu importe, il existait. Cela ne suffirait pas à émousser la rage de tous les chasseurs, mais elle n'avait plus rien à perdre. Et le chasseur, qui avait arpenté la forêt comme son propre territoire, faisait face à ce qu'il redoutait au-dessus de tout car son ego fragile n'y était pas préparé : la défiance d'une force primitive, élémentaire, nourrie d'années, de décennies d'usurpation du pouvoir, la seule certitude des chasseurs étant de se trouver tout en haut de la chaîne.

Étalé sur le terrain humide, encerclé de fourmis bagarreuses, aveuglé par l'eau et le sang sur son visage, les deux mains plaquées sur sa pauvre gorge en lambeaux, Gérald entrevit enfin la possibilité de sa mort. Il glapit comme Olaf l'aurait fait s'il n'était pas pétrifié de trouille devant la rage de la biche et d'Alan, qui résistaient. Dans le génome du chasseur, il n'y avait pas la capacité à subir la souffrance. À quoi bon, puisqu'il dominait physiquement, poudre et fusil assassins au bout de ses doigts sales.

La biche aima le fragment de seconde où survint la réaction affolée du chasseur. L'ironie de son sort comme la puissance de son cri.

Subjugués, les autres animaux observaient.

Mutatis mutandis.

Première fois que le prédateur émettait une telle stridence, disproportionnée face à la menace. On dit que ce sont les émotions ressenties qui permettent de faire évoluer les espèces, pénétrant les chairs à jamais, transmises inévitablement sur une planète qui tourne finalement rond. Après la première morsure, qui poursuivrait le saccage ? Qui prétendrait ne pas avoir vu venir le signal faible de la biche qui ne tolérait plus ni l'attente ni le joug ?

Une fois Gérald éteint, la biche montra ses crocs femelles, cerclant sa langue mince et violette. Dans quelques heures, les autres chasseurs se diraient bouleversés. Ils soulèveraient le prétexte de la mort de l'un des leurs pour traquer d'autant plus de gibier, sans admettre le droit des biches à la contre-attaque. Ils s'insurgeraient au contraire de voir la victime se retourner contre le bourreau, hurleraient que la fête était gâchée. Est-il possible d'arguer que Gérald n'avait obtenu que ce qu'il méritait ? Ceux qui se croyaient dispensés de la peur pourraient bien finir chassés un jour, peut-être même y rester. La terreur pouvait changer de camp.

Il y aurait une rumeur notoire au village, portée par Linda qui souffrirait de tout son corps à l'hôpital, contre un Gérald sans vie. On n'avait, de mémoire d'homme, jamais entendu parler de biche tuant un chasseur, à moins d'une sinistre légende. Les hommes allaient désormais devoir sortir accompagnés le soir. Il avait fallu, pour que la biche se révolte et puisse attaquer à son tour, la conjonction rare d'un ego de chasseur, d'un sursaut de colère des astres bien agencés en cette nuit d'équinoxe. Mais combien de biches pourraient mordre leur chasseur ? Combien de chasseurs se vengeraient sur les autres biches ? Ils conjugueraient par dépit leurs forces et leurs fusils pour les traquer encore et ajouteraient à leur blason de tueurs de biches un qualificatif : « petites salopes », ou « sales putes », à leur gré. Mais demain.

Aujourd'hui, les dents de la biche, comme léchées de curare, avaient tranché la jugulaire du chasseur. Et elle voyait s'approcher d'elle les hommes en une seule meute. Rhizomes, elle le savait. Arbres ils se croyaient, debout, uniques, tandis que chaque être avait besoin des autres. Elle s'était défoncé les maxillaires en mordant et sentait les condyles de sa mâchoire se frotter les uns sur les autres. Elle eut peur soudain de se désarticuler. Mais elle vit sur le sol d'autres glands, d'autres racines et d'autres champignons qui nourriraient les rongeurs. Eux-mêmes seraient là pour aider les martres à passer l'hiver. La canopée s'agitait, prête à protéger son royaume. La biche soupira. Dans la forêt, avait prévenu Alan, tout était à sa place. Les cadavres des hommes aussi.

Le garde avait perdu trop de sang. Mais il réalisait l'un de ses rêves : mourir au plus près du bois qui composerait son cercueil, même si c'était un peu plus tôt qu'il ne l'avait estimé dans ses projections de carrière. La biche, elle, continua de broyer Gérald. Elle revint sur son corps en lambeaux, saccage, lui anéantit le visage, oubliant la peur qu'elle flanquerait aux faons à son retour. Olaf, libéré des bras d'Alan, sauta par-dessus Linda qui hoquetait encore de détresse et fondit sur la biche. Elle tressaillit puis s'échappa dans la forêt, étourdie par sa propre rage. Le chasseur gisait sur le sol, le corps démantelé. Olaf poursuivit la biche jusqu'à ce que sa silhouette s'efface au fond du bois. Le vent se glissa entre les branches. Autour de la forêt, les derniers blés frémirent sans traverser le corps protecteur des arbres, sans parvenir à apporter à la scène un peu de clarté. La forêt commandait.

La bouche figée dans un rictus cruel, les mains crispées sur le fusil, le chasseur n'était plus. Tandis que ses vaisseaux se vidaient d'un flux noir déjà presque solide malgré l'eau qui recommençait à se déverser sur son corps, l'automne, majestueux, conflua avec les cerfs lointains vers la bordure de la forêt. La pluie tinta sur des cartouches tombées au sol et Olaf réclama un nouveau maître. Les feuillages se parèrent d'or et de couleurs, les feuilles devinrent des fleurs qu'on voudrait voir s'ouvrir. C'était à nouveau le matin. Le corps de Gérald était dentelé de crocs, de canines, et de sève. La biche, contrairement à ce que le commun des mortels croyait, n'avait pas fait vœu de véganisme et n'arrêterait jamais de faire ce qui lui chantait. Elle courut dans l'antre de la forêt. Elle pouvait vivre.

À son arrivée vers la harde, les biches et les faons qui somnolaient près du ruisseau ouvrirent les yeux. Le ciel était lavé. Ils l'interrogèrent du museau. Elle plissa les yeux et s'allongea auprès d'eux. Ils se rendormirent. Plus tard, elle retournerait dans l'eau pour laver le sang qui tachait sa robe. Le silence était absolu. Seuls les cris lointains de Linda brisèrent le calme, bientôt couverts par ceux des oiseaux qui s'éveillaient, puis les sirènes des voitures et le tapage humain. Par respect, la forêt les laissa sourdre quelques minutes, faisant croire aux hommes que leur existence comptait. Puis le chant des arbres reprit, berçant les animaux nocturnes qui s'endormirent enfin.

Les deux cerfs amoureux, en promenade romantique, s'arrêtèrent un instant pour observer les deux cadavres en pré-décomposition. L'un salua

Alan, le garde forestier, puis frissonna au souvenir de la hargne du chasseur. L'autre, impassible, le distança sans un regard et invita du museau son compagnon à le suivre au cœur de la forêt. Artémis, cachée parmi les branches, les salua d'un rire cristallin, pas effrayée plus que cela par la nuit qu'elle venait de passer. Elle se moqua en pensée de Basile qui, fier de ses prouesses balistiques de la veille, publierait sur YouTube la vidéo de la caille morte qu'il avait prise avec sa GoPro suspendue sur son crâne au moment de l'abattre. Il ajouterait des photos des fusils de Gérald, demanderait à sa famille s'il pouvait hériter de l'un d'entre eux. Sur le clip de son tir, l'onomatopée du coup de feu résonnerait sur la planète chaque fois qu'un fan lui accorderait une nouvelle « vue » sur la plateforme numérique. Dans quelques années, il tuerait l'un des enfants de la biche.

Ce matin, il avait manqué le réveil de la nature, la véritable beauté, la seule.

Et la biche s'enfonça dans la forêt. À l'exact est, le soleil commençait de se lever.

Remerciements

Remerciements chaleureux à Vanessa Caffin, ainsi qu'à Jeanne Thiriet pour leur audace et leur travail.

Merci à Françoise Favretto qui, la première, a cru en cette biche.

Merci à Fabienne Jacob qui, la première, a cru en ma plume.

À Léa, Jon, Chloé, Oréade pour leur soutien indéfectible, à Adrien Neves pour ses conseils avisés, à Charles Roux pour ses idées monstrueuses, et à Leslie Astier.

Composition et mise en pages
Nord Compo (Villeneuve-d'Ascq)

Imprimé en France en septembre 2022
par l'Imprimerie Maury S.A.S. à Millau (12)

ISBN : 978-2-493699-00-8
N° d'impression : I22/71794B
Dépôt légal : avril 2022